Buster's Big Surprise

Buster Gutt

**Join Buster and his gruesome crew
for more piratical adventures!**

 Be sure to read:
The Big Mix-up

... and lots, lots more!

Buster's Big Surprise

Kaye Umansky
illustrated by Leo Broadley

■SCHOLASTIC

Scholastic Children's Books,
Commonwealth House, 1-19 New Oxford Street,
London, WC1A 1NU, UK
a division of Scholastic Ltd
London ~ New York ~ Toronto ~ Sydney ~ Auckland
Mexico City ~ New Delhi ~ Hong Kong

First published by Scholastic Ltd, 2003

ISBN 0 439 98178 6

Printed in Singapore by Tien Wah Press

10 9 8 7 6 5 4 3

Chapter One

Buster Gutt, the pirate chief, leaned on
the ship's rail, scratching Bowzer's ear
and thinking dark thoughts about his
arch-enemy, Admiral Ainsley Goldglove.

Buster was the biggest baddest pirate who ever sailed the seven seas. He and his crew had a terrible reputation. They bristled with pistols and cutlasses and would do anything for treasure.

Buster's ship was called *The Bad Joke* – people trembled whenever they saw it coming.

The only person who didn't tremble was Admiral Ainsley Goldglove, of the *HMS Glorious*. The admiral's noble chest dripped with medals for catching pirates. He always wore a gold glove on his left hand, just for show. Buster hated him.

"Catch me, would he?" he growled to Bowzer. "Ha! We'll see about that!" Bowzer bared his teeth in agreement.

Their little talk was suddenly interrupted by the crew, who had some very bad news indeed.

"What?" snarled Buster. "No food? 'Ow come?"

One-Eyed Ed, the lookout, shrugged and rolled his eye. Threefingers Jake, the bosun, nudged Jimmy Maggot, the cook, who stepped forward. "We ate it all, Captain," he explained.

"But what 'appened to the ship's biscuits?" Buster growled.

"Weevils got 'em," said Jimmy Maggot.

"What about last week's sea pie?" snarled Buster.

"Went mouldy," sighed Jimmy Maggot. "I gave it to Bowzer. And that's not all. We're out of fresh water too."

"Sharksbum!" bellowed Buster. "We be scuppered!" (In pirate speak, that means "Oh, bother. We're finished.")

"Not quite, Captain," said Threefingers Jake, unrolling a chart. "There's land ahead, accordin' to this. See? Allspice Island. Put your glass eye in, Ed, and climb the rigging. See if you can spot it."

"No need!" croaked Timothy Tiddlefish, the cabin boy, who always had a cold. He wiped his nose on his sleeve and pointed across the water to a fast-approaching hump covered with trees. "There it is, comin' – ahh – ahh –

achoo!"

"'E's right," said Buster, grimly. "It *is* comin' at me. Fast, too. All 'ands on deck, *at the double!*"

The crew hopped
to it. The anchor
was lowered,

the sails were furled

and Crasher Jackson,
the helmsman, was
shaken awake
and told to
steer left a bit.

It was a close shave, but they avoided bumping into Allspice Island – just.

"Phew!" said Buster. "That was close. Man the boats, lads. We'll go ashore an' stock up on hokey-cokey nuts an' them yeller carrots what monkeys eat."

On the other side of the island, the *HMS Glorious* had also dropped anchor. Admiral Ainsley Goldglove was in a bad mood. He hadn't caught any pirates lately, plus his personal supply of wine had run out.

"No *wine*? Well, that won't do, will it?" he said sharply to the crew.

"Absolutely not, Admiral," agreed Crisply Pimpleby, the first officer, saluting smartly.

"Dear me, no," tutted Monty Marshmallow, the chef, and Seaman Scuttle, the deckhand.

Private Derek Plankton (nothing special) kept quiet. He just carried on dusting.

15

"Well, what are you waiting for?" cried the admiral. "Allspice Island's just off the port bow. There are sure to be grapes. Grapes make wine, don't they? You can trample them. Launch the boats without delay!"

The admiral waved his gold glove and everyone jumped to it. Even Private Derek Plankton dusted a bit harder.

Chapter Two

Allspice Island turned out to be not very nice at all. At least, it wasn't on the side where Buster and his crew landed. The beach was full of rocks and smelly seaweed.

"Yuck!" moaned Crasher Jackson. "Pongy!"

"Is it?" sniffed Timothy Tiddlefish, who could never smell a thing.

It wasn't much better inland either. There were no coconuts or bananas to be seen. Just stunted trees and a muddy swamp which looked like the perfect spot for crocodiles.

Buster sat on a rock and threw a stick for Bowzer as his crew went exploring.

"Here, Captain," said Jimmy Maggot, coming back from the swamp with the crew at his heels and a very small cup of water in his hands. "Try this. I strained it through me scarf sixteen times."

Just then, Timothy Tiddlefish felt another sneeze coming on. He tried to hold it back, but it was no use.

"*Rrrrrraaachooo!*"

He sneezed right into the cup! It was a direct hit.

"You *twit*, Tiddlefish!" bellowed Buster. "Get out o' my sight! An' take yer nose with you! It should be able to keep up. It runs enough."

Snuffling, Timothy Tiddlefish wandered away, past the swamp and into the dark jungle.

On the other side of Allspice Island, it was a very different story. Little waves rippled on a stretch of golden sand. There were trees laden with bananas and coconuts.

Rock pools teemed with fish and a freshwater spring bubbled brightly.

Admiral Ainsley Goldglove relaxed in the shade of a palm tree.

"Found any grapes yet, Pimpleby?" he enquired.

"Afraid not, Admiral," said Crisply Pimpleby, clicking his heels. "But Seaman Scuttle's found a lemon tree and there's certainly no shortage of fish."

"Hmm," said the admiral. "In that case, I think a barbecue is called for. Grilled swordfish with sliced lemon, followed by banana trifle. See to it."

"Right away, sir," cried Pimpleby. "Marshmallow! Start slicing lemons. Plankton! Stop dusting that rock and start gathering sticks for the barbecue."

Duster in hand, Private Derek Plankton trudged off.

Some time later, in the middle of the island, Timothy Tiddlefish and Private Derek Plankton bumped into each other. They were very surprised.

"Hello," said Private Derek Plankton, warily. "What are you doing here?"

"Sneezing," sighed Timothy. *"Atishoo!"*

"I'm Private Derek Plankton," said Private Derek Plankton.

They stared at each other for a bit.

"What are *you* doing here?" asked Timothy.

"Getting sticks for Admiral Goldglove's barbecue."

"Admiral Goldglove?" gasped Timothy. *"Here?* On this island?"

"Yes. Usually I just do the dusting, but – hey! Where are you going?"

There was no reply, apart from faraway crashing noises and a distant sneeze.

Chapter Three

"Goldglove?" snarled Buster Gutt. *"'Ere?* On this island?"

"Yes!" said Timothy, excitedly. "He's having a barb-*achoo*! Am I still in trouble?"

"Nope," said Buster. "You done good, Tiddlefish. Bosun! Round up the crew."

"Why?" asked Timothy, eagerly. "What are we going to do?"

"Sneak up on 'em, o' course," said Buster. "Soon as it's dark. We'll sneak up, give 'em a bashin', tie 'em up an' eat their barbecue. Then we'll nick their boats an' row out to their ship and pinch their stuff."

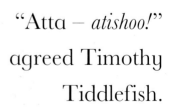

"Attaboy, Captain!" cheered Threefingers Jake.

"Atta – *atishoo!*" agreed Timothy Tiddlefish.

The moon was high when Buster Gutt and
his crew crept through the undergrowth
and peered down at the beach, where
Admiral Ainsley Goldglove and his crew
were having their barbecue. The admiral
sat at a folding table, dabbing his lips with
a napkin.

"Look at 'im, with 'is fancy ways!"
growled Buster. "I'll give 'im gold glove!
Come on, let's get 'em!"

And with one accord, they rose and burst
from the trees, yelling at the tops of their
voices.

It should have worked. After all, Admiral Ainsley Goldglove's crew weren't expecting to be attacked. They were stuffed with fish and bananas and didn't even have their weapons to hand.

What they *did* have, though, were heaped, slippery piles of banana skins and an awful lot of coconuts!

Buster's crew came racing down the beach, waving their fearsome cutlasses and shouting (and sneezing) in a threatening manner.

Admiral Ainsley Goldglove calmly folded his napkin as he watched them approach.

"Dear me," he said. "It seems that we have uninvited guests. Captain Gutt and his crew, no less. You know the drill, men. Fire at will." And he waved his gold-gloved hand.

Seconds later, the air was full of flying coconuts. There were pained cries as piratical skulls connected with coconuts,

and piratical feet skidded on banana skins.

As each pirate hit the ground, he was
pounced on by Crisply Pimpleby and tied
up with lengths of vine. Even Bowzer
had his paws trussed.

Buster was the last to go down. He was still waving his cutlass and howling threats when a well-aimed coconut hit his ear, landing him in a pile of slippery banana skins.

After slithering several metres and swallowing a lot of sand, he, too, was trussed up with vines.

"So, Gutt," said Admiral Ainsley Goldglove, strolling up. "We meet at last. You've given me the slip once too often. What have you got to say for yourself, eh?"

"Blurk!" muttered Buster, spitting out sand.

"Quite," smirked the admiral. "Load the boats with supplies, men. Then we'll return and pick up this sorry lot and bring them to justice. Ho hum! Another medal for me."

"Hooray!" shouted the admiral's crew. Buster's crew said nothing.

Chapter Four

Meanwhile, what had become of Private Derek Plankton?

He was lost, that's what. First he wandered around looking for sticks. Then he did a bit of dusting.

Then he sat down on a log and hummed, watched by a tribe of parrots who seemed fascinated by his feather duster.

Hours later, he heard distant cries coming from somewhere off to the left. He gave a sigh, stood up and trudged off, dusting as he went.

He was very surprised at the scene that met his eyes when he finally reached the beach. Instead of a jolly barbecue, the beach was full of bound, groaning pirates.

Admiral Ainsley Goldglove and his crew were specks in the distance, rowing towards the *HMS Glorious* with their boats laden with supplies.

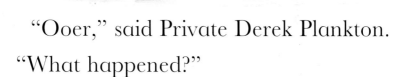

"Ooer," said Private Derek Plankton. "What happened?"

"There was a fight," groaned Timothy Tiddlefish. "We lost. Any chance of untying me? I really need to blow my nose."

"Do you think I should?" said Private Derek Plankton.

"Of course. We're friends, aren't we?"

"But suppose I get into trouble?"

"You won't," said Timothy, soothingly. "Look what a mess we're making of the beach. It'll be much tidier with us gone. You like things tidy, don't you?"

So Private Derek Plankton
untied Timothy
Tiddlefish,

and together they set about
releasing the rest of the crew.

Finally, everybody stood around rubbing
their sore heads and glaring out to sea.

"I'll get 'im, see if I don't!" snarled Buster, shaking his fist.

"But not right now," said Threefingers Jake, hastily.

"We should get back to *The Bad Joke*," said One-Eyed Ed.

"We'll pick up some supplies on the way," suggested Jimmy Maggot. "I'll make a nice stew to cheer you up, Captain."

"All right," said Buster, but he wasn't very happy.

Everyone was very grateful to Private
Derek Plankton. Nobody actually said
thank you, because that's not the pirate way.
But Buster invited him to join the crew.

"No thanks," said Private Derek Plankton.
"I'd better stay here and clear up a bit
before they come back."

That night, on board *The Bad Joke*, there was banana and coconut stew for supper, just as Jimmy Maggot had promised.

It made a change, but Buster didn't feel much like celebrating. He was too fed up about being beaten by Admiral Ainsley Goldglove.

"Think what it'll do to my reputation,"
he fretted.

"Oh no, Captain," chorused the crew.

"I'll get him yet," said Buster.

"Course you will, course you will."

"There's always a next time," pointed out
Timothy Tiddlefish.

There was, too. But that's another story.

apprenaient à aimer l'emploi qu'ils occupent plutôt que de convoiter de façon obsessive le poste supérieur.

Faire ce que l'on aime et aimer ce que l'on fait: un des secrets du bonheur.

CRÉER

Le deuxième besoin essentiel de l'humain, créer, comble l'aspiration profonde de la réalisation de soi.

«Fais quelque chose de ta vie!» Cette exhortation de nos parents était juste et judicieuse, puisqu'il s'agit là d'une condition essentielle à l'équilibre humain. Combien de gens, au mitan de leur vie, découvrent avec stupeur, en regardant en arrière, qu'ils n'ont réalisé aucun de leurs vrais désirs? Ils ont accompli des choses, mais ils n'ont pas réalisé leur vie.

Créer ne signifie pas automatiquement réussir aux yeux des autres. Créer, c'est réussir un projet de vie conforme à nos aspirations profondes.

Un jeune enfant rêve de forêts, de grands espaces, de paix, de silence; il aime l'exercice, le plein-air, les contacts intenses avec quelques personnes. Il devient plus tard garde-forestier. Ses chances d'atteindre le bonheur sont grandes, son pouvoir créatif s'épanouira pleinement et son besoin de réalisation de soi sera comblé. Imaginons ce même enfant qui déteste les grandes villes, les bureaux fermés, la promiscuité et la politicaillerie de bureau. Il devient commis comptable. Ses chances de réaliser son pouvoir créatif seront fort réduites, de même que ses possibilités d'atteindre un plein bonheur.

J'ai connu beaucoup d'ingénieurs, de médecins, d'informaticiens qui ont fait des choix en fonction de la sécurité d'emploi et du bon salaire garanti. Ceux qui ont fait ce choix au détriment d'aspirations profondes et essentielles se retrouvent à quarante-cinq ans, désillusionnés, amers, ayant l'impression vague d'une insatisfaction incrustée en eux et qu'ils ne réussissent plus à préciser. Sans être malheureux, ils ne sont pas pleinement heureux. Ils gardent le sentiment d'un vide quelque part en eux.

On remarque aussi que des parents trop stricts et «dirigistes» auront des enfants soumis et passifs, incapables *d'assumer le beau risque* de se lancer dans quelque chose, d'entreprendre avec enthousiasme un projet. Ces enfants *n'assument pas le risque* d'essayer, de tester, d'écouter leurs goûts, leur instinct. Non, ils se replient sur eux-mêmes et dérivent au gré des courants et des occasions. Adultes, ils auront une personnalité timorée, ils seront de plus en plus repliés et craintifs. À moins, ô miracle, d'un choc brutal, l'épreuve et peut-être l'éveil!

Ce besoin de créer s'observe même chez les jeunes mammifères, ils se socialisent par le jeu. Regardez jouer un chaton. Il démontre beaucoup de plaisir et, surtout, il exprime une très grande créativité. Le jeune animal privé de la possibilité d'être créatif sera asocial, très craintif ou même agressif.

J'ai pu observer que les gens privés de leur droit d'être créatifs se replient sur eux-mêmes et ont une vision très pessimiste et même morbide de la vie. Il serait intéressant d'étudier les liens existant entre le pouvoir créatif brimé et la dépression nerveuse.

Régulièrement, je peux constater dans les entreprises que les personnes «mises sur tablettes» malgré leur salaire garanti, deviennent complètement apathiques, passifs et négatifs ou, à l'inverse, extrêmement agressifs en quelques semaines. J'ai vu quelques-unes de ces personnes qui, après six mois de ce régime, sombraient dans la dépression profonde et d'autres qui développaient des troubles psychologiques graves.

Ces «mis sur tablettes» sont privés de leur droit de créer; leur besoin de réalisation de soi devient tellement brimé qu'en peu de temps, leur estime de soi et leur image de soi se détériorent à vue d'œil. Ils développent même des symptômes physiques: eczéma, impétigo, maux de dos, constipation chronique.

Créer: combler notre aspiration profonde de la réalisation de soi. Une aspiration est un désir originel et original qui se bâtit en nous dès le très jeune âge et qui se développe petit à petit dans le fouillis de nos expériences personnelles, heureuses et malheureuses. Cette aspiration profonde deviendra notre projet de vie et ce n'est que par tâtonnements successifs que chacun parviendra à déchiffrer son contenu.

Par exemple, l'aspiration d'une personne sera d'exercer un métier qui lui apportera un sentiment de liberté et de création personnelle. Si elle aime tout ce qui touche l'enseignement, l'éducation et les arts d'expression personnelle, elle deviendra peut-être artiste peintre, professeur d'art, critique d'art ou directrice d'un centre culturel.

Personnellement, j'ai toujours été un amant de la nature. J'adorais étudier les plantes, la zoologie; d'ailleurs, à treize ans, j'étais membre du Cercle des jeunes naturalistes et j'avais herborisé et identifié cinq cents plantes. Je n'ai jamais perdu cette passion, cette aspiration. J'ai même combiné cette passion à un goût très prononcé pour la littérature, la communication et la psychologie. Aujourd'hui, je constate que tous mes choix de vie m'ont conduit à réaliser mes aspirations: je lis beaucoup, je continue à m'intéresser sérieusement à la botanique et aux sciences. Le coaching me permet d'allier et d'utiliser mon goût profond de la littérature, de la psychologie et de la communication humaine.

Rappelons-nous notre définition du bonheur: l'écart entre nos aspirations et nos réalisations. Il nous faut réapprendre à savoir faire le silence et écouter notre cœur: «En cas de doute, écoute ton cœur!» Ne nous laissons pas toujours guider dans nos choix de vie par les illusions que sont la sécurité, le confort, l'immédiat, la pression de l'opinion, la vanité d'un titre, la compétition, l'entêtement ou la facilité.

Je trouve cela triste quand un jeune m'explique qu'il choisit la faculté de lettres parce que c'est plus facile que les sciences, un autre qui choisit la médecine parce que c'est payant, un autre devient ingénieur en raison du papa ingénieur. Il nous faut choisir en conformité avec ce que nous sommes et il n'est pas facile de savoir qui nous sommes à dix-huit ou à vingt ans.

Pour trouver le bonheur, il faut d'abord nous retrouver, puisque le bonheur est en nous et pas ailleurs.

COMPRENDRE

Le troisième besoin essentiel est comprendre. Nous percevons l'environnement total avec nos sens qui, eux-mêmes, sont conditionnés par nos valeurs, nos besoins, nos attentes, nos préjugés et nos pensées. En toutes circonstances et dans chaque situation, notre besoin de nous ajuster, de nous adapter est couplé à un besoin incompressible de comprendre notre environnement.

Pensez à cette scène où un collègue estimé change subitement d'attitude envers vous. De chaleureux, ouvert et affable qu'il était, il devient fermé, fuyant et brusque. Vous allez vous interroger sans relâche pour comprendre ce qui s'est passé, à moins que vous ne soyez un excellent communicateur et que vous lui demandiez directement ce qui ne va pas.

Plusieurs cadres et employés en *burnout* viennent à mon bureau. J'observe, j'écoute leur désert intérieur, et ils me disent toujours la même phrase: «Je veux comprendre ce qui m'arrive.» Ils disent cette phrase et ils la répètent encore et encore. Ils veulent comprendre. Ils veulent comprendre quoi? Certains veulent comprendre pourquoi les collègues les rejettent, d'autres veulent comprendre pourquoi ils sont maintenant considérés comme incompétents ou un autre à qui on avait promis un poste depuis deux ans et qui ne l'a pas obtenu. Et tous s'interrogent; ils interrogent patrons, collègues, employés, et ils se font répondre par de pieux mensonges, des demi-vérités, des messages incomplets et mystérieux. Dans le secret de mon bureau, ils veulent comprendre.

J'avais une cliente, Diane, âgée de cinquante ans, avocate en droit commercial pour une très grande organisation. Très intelligente, techniquement très compétente, elle y poursuivait une brillante carrière. Elle fut nommée secrétaire auprès du conseil d'administration. Elle occupa ce poste durant trois ans avant d'être licenciée. Durant ces trois années, elle dut prendre de longs congés de maladie en raison de deux *burnouts*. On la congédia sans jamais lui en expliquer les raisons profondes. Sans travail depuis six mois, un expert en réaffectation l'envoya à mon bureau. Elle traversait, selon ses médecins, une dépression nerveuse profonde. La première rencontre dura cinq heures. Heureuse en mariage, aucun problème avec ses deux adolescents, aucun problème financier, elle me répétait sans cesse au début de la rencontre: «Je me rends malade à force de vouloir comprendre ce qui m'arrive! J'ai peur et je ressens une colère terrible contre tout le monde.»

Ayant fait une enquête sur les raisons de son congédiement, je lui dis toute la vérité. J'avais téléphoné au vice-président responsable de ce poste. En trente minutes, il m'expliqua le contexte et les causes du départ de Diane: incapacité de s'adapter aux contraintes et aux règles du niveau politique de l'entreprise, incapacité de demeurer fonctionnelle et décisionnelle sous une très forte dose de stress inhérent au rôle de secrétaire commerciale. Quand je rapportai cela à Diane, elle eut la réaction classique: «Pourquoi ne me l'ont-ils pas dit?» Elle n'était pas du tout d'accord avec leurs explications, mais déjà elle souffrait moins car enfin elle comprenait.

Diane était devenue avocate parce qu'elle avait des aspirations profondes: aider les employés traités injustement, travailler avec des équipes multidisciplinaires. Elle a toujours aimé argumenter, convaincre, fouiller un dossier très technique. Peu à peu, par sa compétence, elle avait été promue dans les hautes sphères de la «politicaillerie», comme elle le disait et cela choquait son goût profond de la simplicité, de la vérité et, loin de travailler en équipe, elle était maintenant isolée de tous, liée par son serment du secret relatif à une société.

Diane est devenue consultante avec deux autres avocates. Elle aide les petites entreprises en phase de démarrage et de croissance à se structurer. Elle est resplendissante, enthousiaste et heureuse. Elle me dit qu'elle n'avait pas ressenti une telle paix depuis des années.

Le cas de Diane illustre non seulement notre besoin de comprendre, mais il démontre aussi l'importance de se rebrancher à nos aspirations profondes. Diane, à travers l'épreuve et l'éveil, s'est transformée à travers une nouvelle vision d'elle-même, de sa profession, de sa vie. Elle a trouvé sa mission professionnelle et un sens à sa vie.

Le besoin de comprendre est lié à l'image de soi. Comme une montagne composée de milliers d'angles, de faces, de paysages, de moments différents, notre personnalité en contient autant.

Pour illustrer cette grande complexité, songeons que chaque être humain a au moins sept visages de lui-même.

1. Je suis ce que je pense que je suis.
2. Je suis ce que je suis.
3. Je suis ce que je voudrais être.
4. Je suis ce que les autres pensent que je suis.
5. Je suis ce que je voudrais que les autres pensent que je suis.
6. Je suis ce que mon passé m'a fait.
7. Je suis ce que je deviens.

Se comprendre? Pas si facile! L'image de soi ou le «comment je me vois» résulte des indications de ces sept images toutes uniques, toutes différentes et pourtant toutes complémentaires.

De la montagne que j'observe, je ne vois qu'un angle, qu'une face à la fois. Je marche vers la montagne, elle change, me montrant de nouveaux angles, de nouveaux décors. Le soleil brille, elle m'apparaît amicale, accueillante. La pluie tombe, il vente, c'est encore une nouvelle montagne, mais moins hospitalière, voire dangereuse. Il en est de même de notre personnalité. On se réveille, certains matins, plein d'énergie, de force, de gaieté, on se sent jeune et heureux; d'autres matins, même sortir du lit nous semble pénible. L'image de soi connaît un état de dialogue intérieur permanent en nous. Cet état repose sur ce besoin fondamental de nous comprendre: nous comprendre au sein de notre univers personnel et comprendre cet univers.

• Aimer: estime de soi (comment je m'aime).
• Créer: réalisation de soi (comment je me réalise).
• Comprendre: image de soi (comment je me vois).

Ces trois dimensions qui forment la charpente du moi profond se manifestent, s'expriment sur le plan du moi intime (ego) par trois besoins observables déjà chez le très jeune enfant: être aimé, être accepté, être compris.

L'enfant, dès l'âge de trois ans, fait des gestes pour vérifier s'il se sent aimé, accepté, compris. Il s'installe entre lui et ses parents un processus de rétroaction complexe où l'enfant, inconsciemment, cherche à savoir s'il est aimé, accepté et compris. Rachelle, une petite fille de trois ans et demi, dit un mot nouveau «compliqué» et découvre la réaction de surprise et de joie de ses parents: elle se sent acceptée et comprise. Acceptée parce qu'on l'écoute, comprise parce que les parents réagissent et aimée parce qu'on la récompense d'un rire et d'une caresse.

Cette petite fille, quarante ans plus tard, est devenue directrice de l'information dans une grande entreprise métallurgique. Dans ses rencontres de coaching, Rachelle manifeste un très grand besoin d'approbation par son patron, vérifie constamment si elle est acceptée par ses pairs, à une grande peur du rejet qu'elle exprime. «Je suis prête à quitter mon emploi s'il n'y a pas un consensus de mon supérieur et des autres directeurs concernant la qualité et l'importance de mon rôle.» Dans une telle phrase, comme dans la préparation d'un mets compliqué, je percevais des relents d'orgueil, d'insécurité et de méfiance.

Il n'a pas fallu longtemps à Rachelle pour comprendre que cette peur de ne jamais «être à la hauteur», combinée à cette hantise du rejet, remontait à ses sources familiales. Ayant des parents perfectionnistes et performants, ce qu'elle faisait n'était jamais assez ou jamais correct. «Plus et mieux» était la devise de son père, lui-même directeur d'entreprise.

Face à ses trois besoins d'être aimée, d'être acceptée et d'être comprise, elle ne recevait que froideur, exigences et critiques.

Aimer, créer, comprendre / être aimé, être accepté, être compris: tout cela se combine dans l'histoire de nos vies. Quand les combinaisons sont malheureuses, la peur, qui est le contraire de l'amour, en résulte. Quand les combinaisons de ces trois besoins sont heureuses, l'amour, le grand Amour en résulte. Amour, foi et espérance. Voyons-le dans cette petite histoire d'un grand bûcheron.

L'AMOUR

Le regard penché
Des yeux mouillés
Du chien fidèle.
Amour!

Le geste gêné
Du bûcheron attendri
Par le sourire
Du bébé naissant.
Amour!

L'adolescent maladroit
Qui enroule ses bras
Autour des épaules
Amaigries
De sa maman malade.
Amour!

Le chien doré
Du bûcheron
Attendri.
Tendre bûcheron
Devant le berceau
De son enfant naissant.
L'enfant sourit à la vie,
À la vie
Qui quitte sa maman,
La maman de l'adolescent.

Le bûcheron tient la main
De l'épouse aimée.
L'épouse fidèle
Donnait son âme
Au tendre bûcheron,
À son timide adolescent.

Cette mère Courage
Donne sa vie
À la vie naissante.
Et le chien fidèle,
Pauvre bête
Aux yeux mouillés,
Ne peut pas, ne peut pas
Comprendre l'espérance.

LA STRUCTURE PSYCHOLOGIQUE
DE L'HOMME

Ce triangle du moi profond, délimité et défini dans trois besoins ataviques et universels: aimer, créer et comprendre, correspond aux trois dimensions de l'humain: être, faire et avoir. Comment s'établit le lien entre le moi profond (moi) et le moi intime (ego)?

Imaginons le moi profond comme la voile d'un dériveur. Sous le soleil radieux d'un après-midi d'été, un lac aux eaux bleues reflète la voile blanche à la perfection: la voile et son double. Le moi profond son double, le moi intime.

Le lac, la lumière, le calme, tout l'environnement du voilier qui glisse dans le silence est à l'image de l'environnement de notre personnalité, avec une seule différence, une énorme différence: l'humain conçoit son propre environnement avec ses sens, son jugement, sa raison, ses émotions. Sa vision de son environnement est essentiellement subjective. Par exemple, ce beau lac bleu ne sera pas contemplé de la même façon par celui dont un être cher s'y est noyé que par celui qui y fait de la voile. La «boîte aux souvenirs» ne suscitera pas du tout la même sensation et les mêmes sentiments chez ces deux individus. Pour le premier, il s'agira d'images douloureuses et pour le second, d'images de vacances. Dans les deux cas, l'enchaînement des sensations, des émotions et des sentiments sera à l'opposé. Le moi intime est donc un reflet, une projection du moi profond qui demeure la partie stable de la personnalité globale. Le moi intime étant l'assise de notre personnalité, toute notre vie devrait s'organiser, s'articuler et se vivre en connexion avec cette réalité profonde.

Regardez de nouveau l'image d'une voile reflétée dans l'eau et se révèlent à vous ces trois besoins de la personnalité, du moi intime: le besoin d'être aimé, pôle inversé du besoin d'aimer; le besoin d'être accepté, pôle inversé du besoin de créer; et au besoin de comprendre correspond le besoin d'être compris.

Chaque être humain a un besoin essentiel d'estimer au moins quelques personnes. Celui qui ne s'estime pas ne peut pas estimer les autres; celui qui ne s'aime pas ne peut pas aimer les autres; celui qui est brimé dans son besoin de créer refusera lui-même de s'intégrer à la communauté humaine; celui qui ne se comprend pas refusera de vouloir comprendre les autres.

AIMER ET ÊTRE AIMÉ

Nous avons vu jusqu'à quel point les besoins d'aimer et d'être aimé ne font qu'un. Notre expérience personnelle nous démontre que nous ne pouvons pas aimer les autres plus que nous nous aimons nous-mêmes: on ne peut pas donner ce que l'on n'a pas.

Pour que le doublet aimer et être aimé se réalise pleinement entre deux personnes, il faut un ensemble de conditions communes qui résultent d'une volonté commune: sensibilité en éveil, douceur réciproque, confiance et respect mutuels, interdépendance acceptée.

L'être égoïste, méfiant, orgueilleux ou anxieux (ÉMOI) ne pourra pas s'oublier un seul instant pour respecter l'espace psychologique de l'autre. Il ramènera tout à lui, jugera, critiquera et exigera en fonction exclusive de son monde à lui. En retour, il criera à tous qu'il voudrait enfin être aimé. Comment pourrait-il l'être?

Pour être aimé, il faut être aimable. Pour être aimable un tant soit peu, il faut s'aimer. Pour s'aimer, il faut une dose de lucidité et d'humilité.

Lors de discussions très profondes et intimes dans mon bureau, les cadres de tous les niveaux n'expriment que leur premier désir, celui d'être apprécié (être aimé) par leurs supérieurs, leurs employés, leur conjoint, leur communauté sociale. Ce besoin devance de beaucoup le simple désir de «gagner de l'argent».

Les patrons perçus comme haïssables, peu aimables, sont généralement inconscients de cela. Leur besoin d'être aimé étant si grand, tellement primordial, qu'ils réussissent à se convaincre que tel groupe d'employés au travail ou tel supérieur les aime et que les autres, eh bien, ne sont que des négatifs, des passifs, des «chialeux» et, pourquoi pas, des incompétents qui souffrent inconsciemment, mon approche est très simple. Je leur demande de me décrire les traits de caractère, les éléments et les vertus qui font que certains supérieurs, collègues ou employés les aiment et aiment travailler avec eux. Très rapidement, ils s'aperçoivent de la fragilité de leur raisonnement «logique»: édifice de cristal fragile sur une fondation en bâtonnets d'allumettes.

Les gens qui peuvent combler leur besoin d'être aimés à travers la vanité, l'orgueil, la domination des autres, les prouesses sportives, la vantardise, seront tous un jour blessés parce que désillusionnés (SAR/AH). Est-ce que ce sera pour eux l'occasion d'un nouveau départ ou l'occasion d'une cristallisation plus grande de leurs illusions? À chacun de choisir et nul ne peut choisir pour autrui.

CRÉER ET ÊTRE ACCEPTÉ

Tout être humain doté d'intelligence, d'imagination a un besoin instinctif de créer. Regardez l'enfant avec son jeu de construction. Il construit, grâce à son imagination, des édifices, un garage, un magasin, une ville. Il montre son chef-d'œuvre à peine élaboré à son père qui reconstruit tout et en mieux. Cet enfant va vite cesser de construire des villes pour un père qui corrige tout, à sa façon et en mieux: père trop compétent, enfant écrasé. L'enfant, devant le chef-d'œuvre de son père, se sent incompétent: sa ville n'a pas été acceptée.

Pour être créatif, il faut se sentir accepté dans cette créativité. Un jeune employé fait une suggestion à son patron. Il essuie un sarcasme condescendant: «Toi, le jeune, travaille. Laisse-moi le soin de réfléchir.» Fini, ce jeune va se «lobotomiser» au travail. Sa créativité non acceptée, il va cesser de créer.

Vous est-il déjà arrivé, à une réunion ou lors d'une soirée sociale, de vous sentir non désiré, rejeté: les regards hostiles, les comportements fuyants, l'ironie mordante? Si oui, cette expérience pénible vous a permis de ressentir combien notre besoin d'être accepté est immense.

La plus grande punition pour l'accusé de pédophilie ou de viol n'est pas la prison ou les coûts financiers qui en résultent. Non, c'est la réprobation sociale qui l'entoure. Plusieurs en perdent la raison ou s'enferment à jamais dans un déséquilibre permanent.

Beaucoup de déséquilibrés le sont devenus à la suite d'un rejet violent et humiliant par des proches ou une partie de leur environnement social. Il suffit de lire la trop célèbre et triste histoire des psychopathes qui hantent les journaux et qui tous comblent leur besoin de créer en tentant de détruire, de faire mal, d'anéantir ceux qui, croient-ils, les rejettent.

En tant que coach, j'ai eu plusieurs fois l'occasion de côtoyer des déviants organisationnels: des saboteurs, des hyperagressifs, des soumis-passifs extrêmes, des cyniques cruels, des menteurs endémiques, etc. Ce qu'ils avaient tous en commun? La conviction obtuse et obstinée qu'eux sont corrects, mais que leur entreprise est injuste envers eux en ne reconnaissant pas leur «génie créateur» et que, en conséquence, c'est l'entreprise qui ne les accepte pas et, donc, qui a tort. Les déviants organisationnels, tout comme les déviants sociaux, sont aussi dangereux qu'un fauve blessé parce que leur besoin de créer continue d'exister et ils s'en servent pour détruire, blesser, annihiler tout ce qui respire librement.

Je crois personnellement que les entreprises, par incapacité à cerner les phénomènes de déviance et en raison des cadres juridiques complexes et permissifs, tolèrent trop et trop longtemps les déviants, inconscients de leur pouvoir destructeur.

Le besoin de se sentir accepté par un environnement social donné est vital pour notre équilibre humain. Ce besoin incompressible explique que beaucoup d'adolescents mal adaptés à leur milieu familial choisissent un gang avec toutes les contraintes que cela implique. Les codes de ces gangs sont complexes, très stricts, et les déviants sont très sévèrement punis par... le rejet. Rejet qui s'exprime par des moqueries cruelles, du mépris ouvert, des humiliations et du harcèlement agressif et même violent.

Un enfant qui s'est senti incompris et mal accepté par ses parents sera préoccupé face à son pouvoir de créativité dans son milieu familial. En retour, il rejettera de toutes ses forces l'intégration au milieu familial de ses parents: «Mes parents ne m'acceptent pas tel que je suis, donc je les rejette aussi.» On a vu beaucoup de ces enfants de milieux très aisés qui, écrasés par le prêchi-prêcha, les succès vides et les vanités de la petite bourgeoisie, se sont toujours sentis en dehors de la famille, rejetés et se rejetant eux-mêmes. Ils se conditionnent à devenir impuissants à s'établir des buts qui exigeraient discipline, efforts et constance. Inconsciemment, ils en tiennent d'ailleurs les parents responsables et... coupables.

Être accepté par ses semblables, être intégré à une communauté sociale, fait partie des besoins essentiels. Cette intégration ou cette acceptation par les autres résulte de notre habileté à communiquer qui nous sommes, ce que nous pensons et ce que nous voulons.

C'est pourquoi je peux affirmer qu'une grande habileté d'une personne à communiquer augmente par ailleurs sa liberté. La personne malhabile à communiquer diminue, quant à elle, sa liberté personnelle.

Le besoin d'être accepté est si impérieux chez l'humain que plusieurs sacrifieront la liberté personnelle au profit de l'intégration, au nom de l'acceptation par le groupe, au nom de l'égalité.

Cela nous est démontré par les puissantes organisations syndicales, par la loi des bandes organisées, par les gangs de rue, par les sectes religieuses. Il faut une vision claire de soi et une grande maturité, voire du courage, pour exprimer son véritable moi.

Cette idée que les gens, en tant que groupes organisés, privilégient l'égalité au détriment d'une liberté personnelle, a été exprimée très éloquemment par Charles Alexis de Tocqueville dans *De la démocratie en Amérique*.

Tout le dilemme de l'*homo socius* repose sur cette réalité: pour être créatif, l'individu a besoin de liberté et pour s'intégrer à un groupe, il doit se montrer «égalitaire». Entre les deux pôles, chacun doit bâtir son propre équilibre.

Le besoin de créer au niveau du moi profond et le besoin d'être accepté au niveau du moi intime (ego) constituent un équilibre difficile et pourtant essentiel pour atteindre la sérénité et la paix de l'esprit, deux prémisses du bonheur.

COMPRENDRE ET ÊTRE COMPRIS

Comprendre est un besoin du moi profond; sur le plan du moi intime (ego), être compris devient le doublet de comprendre.

Chacun de nous ressent un besoin profond de comprendre son environnement, son univers, ses proches, ses voisins, les lois de la nature, l'absurdité des guerres, le mal, la souffrance, l'amour, la paix et Dieu: «Être doué de raison, l'homme veut comprendre...» L'histoire d'Adam et Ève au paradis terrestre illustre bien cette réalité. Adam et Ève avaient le bonheur, la sécurité, la paix, la beauté. Ils avaient tout au paradis terrestre, mais ils ont voulu goûter au fruit de l'arbre de la science du bien et du mal. Le besoin humain de connaître et de comprendre les a conduits à perdre ce bonheur paradisiaque, mais ils ont compris la science du bien et du mal.

Nous disions que l'incapacité de comprendre peut conduire quelqu'un à la dépression, au *burnout* ou même à la mort. Le besoin d'être compris des autres sur le plan de notre moi personnel (ego) est aussi impérieux que le besoin de comprendre. Pensez à une erreur que vous avez commise par étourderie, et ceux que vous estimez ne semblent pas reconnaître et comprendre votre étourderie. Vous ressentez alors une sorte de brûlure interne, un sentiment d'impuissance déchirant.

Notre besoin d'être compris conduit la plupart des gens à trop rationaliser leurs actes, à les justifier en détail, à se justifier eux-mêmes, à intellectualiser faiblesses et erreurs.

Notre besoin d'être compris peut être comblé beaucoup moins péniblement que de se justifier à tout vent: que nos actes et nos pensées soient clairs à nous-mêmes et pour nous-mêmes; que notre communication traduise en tout temps notre pensée réelle, nos sentiments et nos émotions réels, dans le but d'être bien compris;

combattons en nous et pour nous les petits jeux psychologiques, l'ironie, le sarcasme, la médisance; fuyons les cyniques, les rabat-joie, les esprits chagrins et pessimistes; ne laissons personne dévorer notre propre énergie et nos émotions; apprenons à nous détacher de l'opinion et du jugement des autres. Se détacher de l'opinion des autres, telle est notre troisième loi du bonheur: paix de l'esprit, sérénité et... détachement.

Quand l'écrivain français Jean-Paul Sartre déclarait dans *Huis clos:* «L'enfer, c'est les autres», il faisait allusion à cela: quand ma vie dépend et se bâtit en fonction du regard des autres, je me chosifie, je cesse d'être... moi-même. Quelle liberté que celle de pouvoir exprimer, dans le respect des autres, ce que nous sommes!

Pour être compris des autres, il faut être disposé soi-même à comprendre les autres, être capable de «se mettre dans leurs souliers». Il faut croire en l'autre pour le comprendre et il faut le comprendre pour croire en lui. N'est-ce pas là une magnifique pensée pour une vie à deux réussie et pour une éducation de nos enfants basée sur le respect et la confiance? Cette phrase décrit l'attitude même qui forme la base nécessaire d'un esprit de dialogue: croire en l'autre (confiance) et le comprendre (respect).

Je suis très attaché à cette phrase clé parce que dans le cadre de ma pratique de coaching, elle est le fondement même de mon approche et de ma philosophie.

Ceci m'amène à toujours chercher la vérité humaine en chacun et en chaque situation, même à travers le mensonge. Chez celui qui a besoin de vanter sa richesse, même si cela est faux, une partie demeure vraie: la valorisation qu'il attribue à l'argent. Évidemment, je vois le mensonge chez cet homme, mais je m'attarde beaucoup plus sur sa vérité intime: sa croyance à l'argent. C'est cela vouloir comprendre quelqu'un. Si cet homme, mon client, sent chez moi ce souci de le comprendre dans sa sensibilité et ses valeurs profondes, il se sentira compris et voudra se comprendre lui-même, être compris pour se comprendre.

Ce principe demeure vrai dans toutes nos relations quotidiennes: un vantard invente, mais il invente en fonction de ses vrais désirs, de ses vraies illusions. Il y a du vrai dans le faux et du faux dans le vrai. Vouloir comprendre l'autre authentiquement nous conduit à la tolérance et la tolérance est essentielle pour comprendre les autres.

*   *   *

Nos trois besoins essentiels se présentent tous sous forme d'un doublet: aimer et être aimé pour le moi profond; créer et être accepté pour le moi intime; comprendre et être compris pour le moi social.

À l'état d'âme du moi profond (personne) et à l'état d'esprit du moi intime (personnalité) se greffe l'état des choses du moi social (personnage): âme – esprit – corps.

Il est temps de représenter tout cela sous une forme synoptique, en gardant l'image du voilier sur ses eaux calmes.

Moi profond → personne → besoin d'aimer

Moi intime → personnalité → besoin de créer

Moi social → personnage → besoin de comprendre

Âme	→ Moi profond (personne)	→ ce que je suis	→ aimer – être aimé
Esprit	→ Moi intime (personnalité)	→ ce que je veux	→ créer – être accepté
Corps	→ Moi social (personnage)	→ ce que je peux	→ comprendre – être compris

En nous, l'image de soi (le moi total) se construit, se compose, se décompose et se recompose, toujours reprise, toujours redécouverte et toujours changeante. Notre moi total, c'est un paysage intérieur dont la trame demeure notre sensibilité personnelle.

Revoyons l'image du voilier sur les eaux calmes. La voile, le moi profond (moi), réalité authentique et stable, le moi profond voguant sur les eaux de la vie; le moi intime (ego), le reflet dans l'eau légèrement déformé et pourtant fidèle, déformé ou transformé déjà par les premières expériences, le vécu, la douleur et la joie. Ce voilier-et-son-double glissant sur les flots se déplace dans un environnement qui change, qui influence la dérive, la vitesse, le tangage du voilier, et ce dernier s'adapte perpétuellement à cet environnements instable et mouvant. Telle est la réalité du surmoi, l'environnement dans lequel vogue le voilier et son image.

PARTIE IV

LA PERSONNE ET SA RÉALITÉ SOCIALE

LE MOI SOCIAL

Tous les grands courants de la psychologie moderne reconnaissent cette triple réalité de l'homme: le moi profond (la personne), le moi intime (la personnalité) et le moi social (le personnage). Au ce-que-je-suis du moi profond (aimer – être aimé) correspond le ce-que-je-fais du moi intime (créer – être accepté), et au moi social (surmoi) correspond le ce-que-je-veux (comprendre – être compris).

Savoir, vouloir et pouvoir. «Ah! si jeunesse savait, si vieillesse pouvait!» Il faut savoir ce que l'on veut, il faut savoir ce que l'on peut et en connaître la différence. Sagesse ancienne, sagesse des campagnards, sagesse trop souvent oubliée aujourd'hui.

Notre moi social est continuellement agressé par une marée d'images vides: publicité, succès, performance, argent, luxe, confort, abondance, promotion, titre, loteries, guerre télévisée. Le chant des sirènes...

Il faut bien savoir que l'argent achète les médicaments, mais il n'achète pas la santé; la publicité vend des crèmes pour rajeunir le corps, c'est pourtant l'esprit qu'il faut garder jeune; les loteries vendent de l'illusion, non pas du bien-être; la publicité nous vend même des enterrements première classe avant que l'on meure; des crapules ont fait un succès de librairie de leurs crimes sordides et, enfin, guerres, famines et cataclysmes sont devenus un spectacle quotidien du petit écran.

Notre moi social (surmoi), notre ce-que-je-veux, devrait être une zone tampon entre le temple sacré du moi profond et du moi intime d'une part, et les sollicitations de l'environnement social d'autre part. Si notre moi social se confond et se perd, dévoré par le social, notre personnalité profonde perd cette zone de protection et d'adaptation si essentielle. Alors l'homme devient lui-même une apparence, une coquille vidée de son propre contenu.

Le projet d'une vie humaine, de toute vie humaine, évolue de la naissance à la mort, selon trois grands axes qui englobent la totalité de notre vie: être, faire et avoir. Chacun est unique (être) et chaque humain se réalise (faire) par ses accomplissements et ses projets, et ces réalisations lui procurent les biens essentiels (avoir) dont il a besoin pour vivre, se nourrir, se loger, se vêtir, se détendre, s'instruire, se soigner. La logique de la vie humaine consiste à se nourrir, se vêtir, se loger, pour vivre et non pas vivre en vue de se loger, se nourrir ou se vêtir. On mange pour vivre, on ne vit pas pour manger. Vous voyez tout l'absurde d'une société trop matérialiste dans laquelle «c'est la queue qui agite le chien, plutôt que le chien qui agite la queue». Société de consommation habile à nous faire confondre l'essentiel et l'accessoire.

Il faut être conscient de tout cela, sans cesser de voir et d'apprécier les bienfaits apportés par la science, les technologies et des penseurs sociaux et spirituels éclairés.

À chacun de choisir ce qui est bien pour lui: développer notre moi social, notre ce-que-je-veux à choisir le vrai, le beau et le bien, en tenant compte des réseaux de contraintes et de possibilités dans lesquels nous évoluons. Le grand projet de toute vie humaine est une quête d'équilibre entre être, faire et avoir. Tous les malheurs des hommes naissent d'un déséquilibre entre ces trois axes, déséquilibre toujours causé par les quatre démons (ÉMOI): l'égoïsme et la vanité et ces deux démons eux-mêmes se nourrissent de nos peurs et du mensonge.

Cela nous ramène à l'ÉMOI du premier chapitre: Égoïsme, Méfiance, Orgueil et Insécurité. Les quatre Dragons conjugués à la réalité des trois moi donne:

- L'égoïsme génère la méfiance et la méfiance engendre la peur;
- L'orgueil génère l'insécurité et l'insécurité engendre le men - songe;
- La peur et le mensonge combinés engendrent le mal.

Égoïsme $\rightarrow$ Méfiance $\rightarrow$ Peur
$+$ $=$ Mal
Orgueil $\rightarrow$ Insécurité $\rightarrow$ Mensonge

La méfiance génère la peur: peur de perdre, peur qu'on abuse de soi d'une façon quelconque, peur de la critique, peur du rejet, peur des autres, peur d'avoir peur.

L'insécurité génère le mensonge: nos peurs, nos vanités et notre égoïsme nous rendent inquiets face au beau risque de la vie, face à l'inconnu. Notre insécurité installe la peur et distille le mensonge. Par peur des représailles, dans mon organisation syndicale, j'approuve la violence; par peur du rejet, je ris d'un sarcasme méchant envers un collègue; par peur de la moquerie, je fuis un collègue homosexuel que j'aime bien pourtant. Je fais semblant d'être un croyant pratiquant ou je fais semblant d'être irréligieux, selon les milieux. Je fais semblant, je déforme la vérité, je passe un petit mensonge «blanc» en douce, puis un autre et encore un autre. Mensonge, mensonge!

Jean-Jacques Rousseau disait que l'homme naît bon et que la société le corrompt. Je crois plutôt que l'homme est bon et qu'en société, dans sa recherche d'équilibre entre liberté et égalité, être-et-être accepté, il privilégie trop souvent le second: victoire des quatre démons. Voilà le germe naissant de la violence sociale et du mal. Liberté – égalité – fraternité, que de crimes ont été commis en votre nom!

Sur le plan du moi social, chacun cherche son propre équilibre entre être – faire – avoir. Chacun doit bâtir cet équilibre en combattant les quatre démons. Quand l'un des quatre démons domine trop et trop longtemps, s'installe un déséquilibre grandissant entre les trois axes. Dès lors, le «avoir» devient excessif, il dévore peu à peu le «être», et le «faire» dévie de sa finalité; au lieu de servir à créer et à être accepté, il se met à détruire et à rejeter les autres. Nous avons tous, un jour ou l'autre, connu un être égocentrique dont le but semblait de créer des conflits, de générer haine, méfiance et insécurité autour de lui. L'égocentrique, qui est incapable de s'aimer, va au bout de sa logique tordue en s'organisant pour être détestable en vue d'être détesté. Il pourra justifier ainsi ses comportements: «Les gens ne m'aiment pas, j'ai donc bien raison de ne pas les aimer.» Donnez du pouvoir à un vaniteux et vous enfantez un égocentrique. Donnez du pouvoir à un égocentrique et vous créez un vampire. Le vampire psychique est un maître de l'illusion: il utilise le mensonge pour créer la peur.

J'utilise le mot «psychique» parce que le vampire – croyez-moi, cela existe – se nourrit des émotions négatives qu'il provoque autour de lui, chez ses proches, ses voisins, ses collègues, sa famille. Ces propos seront illustrés plus à fond dans le chapitre qui traite de la peur et du mal.

Recherche d'équilibre, telle est la vocation sociale de chacun. Équilibre qui s'obtient par un peu de discipline personnelle, une certaine dose de courage, un sens de la réalité et la poursuite d'un idéal personnel. Cette recherche, si elle aboutit à un meilleur équilibre entre être, faire et avoir, se traduit par un plus grand bonheur pour l'individu. Celle-ci est basée sur ce que la philosophie chinoise appelle les Won Foo (les cinq bonheurs): la longévité, l'opulence, la santé, la paix de l'âme et l'amour de la vertu (voir François Châtelet, *Histoire de la philosophie*, tome III, Hachette Littérature, 1999, p. 206).

Si le principe de toute vie humaine est la recherche du bonheur, toute vie humaine est une longue et vaste histoire de compensation. Celui qui n'a pas la paix de l'âme (être) compensera par un désir excessif de biens matériels, un besoin de dominer ou une trop grande poursuite de succès sociaux; cet autre qui n'a pas la santé compensera par de la cruauté envers les bien-portants ou une recherche excessive des plaisirs éphémères; une personne inquiète compensera par une recherche obsessionnelle d'approbation sociale; un méfiant, au lieu de voir les autres, les surveillera; un vaniteux compensera ses carences psychologiques par un souci perpétuel d'être admiré, méprisant tous ceux qui refusent de l'encenser.

La compensation, à mon avis, est le mécanisme de défense le plus universel et le plus largement utilisé instinctivement. J'ai constaté, dans tous les cas de coaching, que plusieurs grandes carrières ont été une compensation à un manque affectif ou à un besoin excessif de prouver, de se prouver ou... d'être approuvé.

Voyons ce cas fréquent d'un père qui «pousse» son jeune au hockey. Souvent, on découvre que ce père, ancien «Junior A» frustré, veut forcer son propre enfant à devenir le champion que lui, le père, aurait aimé devenir. Ce père est tout à fait convaincu de faire cela par amour de son fils. Il ignore qu'il s'agit là d'un phénomène de compensation de son propre désir frustré.

L'individu qui veut faire souffrir, qui se nourrit du mal, compense lui-même. Il veut déséquilibrer les autres pour compenser ses déséquilibres; il veut faire mal pour anesthésier ses propres douleurs. J'ai connu de ces êtres tristes, et leur souffrance immense devenait un cri intérieur déchirant, révolte contre l'univers.

Entre le moi profond (personne) et le moi intime (personnalité) s'établit un état de dialogue sans mots, sans conscience claire. Le surmoi s'entretient lui aussi avec les trois axes (être – faire – avoir) eux-mêmes ainsi qu'avec le surmoi (personnage) et le moi intime (personnalité).

Pour illustrer cet état de dialogue constant et souhaitable avec soi-même, songez à tout ce qui se passe en vous après une soirée sociale: vos réflexions, vos sentiments, vos commentaires, votre regard analytique sur vous-même et vos comportements; tout cela se fait instinctivement, presque malgré vous, un peu inconsciemment même. Cette réaction instinctive de dialogue avec soi-même, combinée à une faculté d'autocritique, permet à l'individu intègre avec lui-même de progresser dans la vertu, d'augmenter son équilibre personnel et l'aide à s'ajuster aux autres, sans avoir à renoncer à son intégrité personnelle, son «être».

La totalité de notre esprit, de notre âme et de notre intellect dialogue: dialogue entre les trois zones de notre moi total et dialogue périphérique entre les trois axes de notre personnalité. En voici une illustration.

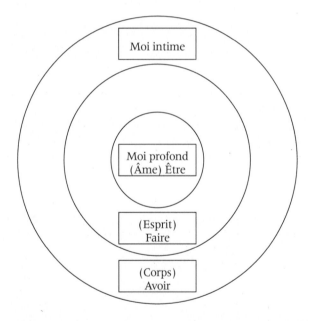

Un programme de coaching (de trente à quarante heures étalées sur dix à douze rencontres) consiste à ramener au niveau de la conscience et de la connaissance de soi ces états de dialogue avec soi-même. Le coach doit favoriser cet état de dialogue en s'assurant que tout le dialogue avec soi s'élabore sans illusions, sans complaisance et sans justifications paralysantes.

J'insiste beaucoup au sujet de la réalité de cet état dialogique avec soi-même, car c'est la base même de toute vie pleinement vécue et une vie pleinement vécue pave la voie du bonheur. Le bonheur est conditionné par quatre éléments déjà cités:

- sérénité (moi profond);
- paix de l'esprit (moi intime);
- détachement (moi social);
- faculté d'apprécier (moi total).

Pour développer ces quatre éléments de libération intérieure conduisant au bonheur, il faut quelques conditions «faciles» mais essentielles:

- être à l'écoute de soi (dialogues intérieurs);
- être capable d'autocritique;
- respecter sa propre sensibilité (sentir et ressentir);
- avoir la volonté de rechercher le bonheur;
- développer le goût d'être meilleur (recherche de la vertu).

Le confucianisme et le taoïsme, fondements de la pensée morale chinoise qui compte trois mille ans d'histoire, ont élaboré leur éthique sociale autour de cette finalité humaine: le bonheur. Les deux grandes philosophies prônent que le bonheur de l'homme dépend d'abord et avant tout de lui-même: pour atteindre le bonheur, l'homme doit cultiver les attitudes, les valeurs morales et sociales, la volonté et la discipline qui conduisent à ce bonheur.

Discipline et bonheur? La recherche du confort nous a trop appris à avoir peur du mot «discipline» et à ne plus croire au bonheur. Chacun doit apprendre à estimer la discipline pour croire au bonheur. Il y a plus de joie dans un petit effort que dans un grand confort. J'ai souvent vu des gens aisés qui souffraient d'un ennui permanent. La vie, leur vie, était dominée par un grand silence vide, une grande solitude stable entre mari et femme, entre parents et enfants. Ils ne voient pas les beautés du monde: ils les observent. Ils ne goûtent pas simplement les plaisirs spontanés: ils expérimentent. Ils ne parlent pas avec leur cœur: ils analysent. Ils n'achètent pas un «nid d'amour»: ils investissent.

Investissons d'abord en nous-mêmes, investissons dans la vie elle-même: ses joies, ses peines, ses milliers de petits bonheurs simples et spontanés. Redécouvrons la «joie de vivre» à travers la spontanéité créatrice: le futur nous est inconnu, et c'est tant mieux; le passé nous échappe, et c'est tant pis! Vivons notre présent et vivons-le d'instant en instant.

Nous avons terminé l'exploration interstellaire de ce qui constitue la nature même d'un être humain, les trois moi. Chaque individu est une planète en soi, disions-nous, et nous avons analysé la structure de ces planètes et nous avons nommé les soleils de ces galaxies: SAR/AH, ÉMOI, CHEF...

Les lois internes de l'humain régissant le bonheur sont aussi immuables que les lois physiques de la gravitation, de l'attraction des corps et des orbites qui dirigent le cours des planètes. L'humain, et cela en fait un être unique dans l'Univers, est une planète pensante douée du libre arbitre. On peut infléchir le cours de notre vie par nos choix, nos valeurs, notre éthique.

* * *

Homo socius, l'homme est un animal social. Depuis la nuit des âges, l'homme cherche à se regrouper en clans, en tribus, en familles, en paroisses, en villages, en villes et, enfin, en mégalopoles de dizaines de millions d'habitants. Il veut l'aventure, et pourtant il cherche la stabilité; il veut la liberté, et pourtant il se soumet à des règles et à des lois régies par un groupe d'appartenance; il veut être traité en égal, mais seulement avec ceux qui possèdent plus que lui; il veut longévité et santé, mais sans avoir à se priver. Comme le dit si bien la chanson: «Tout le monde veut aller au ciel, mais personne ne veut mourir.»

L'être humain est grégaire et social pour des raisons évidentes: se protéger, se nourrir, se vêtir, se loger, se soigner, élever une famille dans des conditions stables. À l'inverse, les communautés déracinées et pourchassées, comme l'ont été les Amérindiens de notre continent, ont tout perdu: santé, joie de vivre, respect de soi et même leur âme.

Chaque être humain est doté d'une individualité spécifique (moi intime, moi profond, moi social) qu'il doit fondre en partie dans le grand tout social, avec les compromis, les contraintes et les défis que cela demande. *S'adapter* et *s'intégrer*, mais dans le respect de ce que je suis: être aimé, être intégré et compris dans et en raison de ce que je suis. Voilà le grand défi de toute vie. Vivre en fonction des autres ou vivre aux dépens des autres rend le bonheur inaccessible.

Au sein de son univers social, chacun de nous, un jour ou l'autre, a été confronté à la peur, au mal, au stress, et chacun de nous a également connu, au cours de moments de désarroi, la compassion, la bonté, l'intégrité, la charité de ses semblables.

Nous nous attarderons ici sur ces réalités sociales incontournables et bien réelles: le stress, la peur, le mal et, en contrepartie, la vertu.

LE STRESS

Le rythme de vie d'aujourd'hui est frénétique. Vite! Vite! Vite! Philosophie du «il faut»: il faut réussir, il faut rester jeune, mince, il faut faire de l'exercice, il faut être au courant, il faut investir, il faut plaire aux patrons, il faut avoir un cercle d'amis, il faut que les enfants réussissent, il faut qu'il m'aime, qu'elle m'aime ... Vite! Vite! Il faut! Il faut! Strrressss...

En réponse à ces agressions de l'environnement, le stress crée en nous un état de tension énergisant. Cela nous permet d'affronter et de gérer les sources de frustration qui nous assaillent. Le stress est une réaction de défense de notre organisme aux frustrations et à la peur.

Le corps et l'esprit sont énergie. Cette énergie nous fait produire, créer, réfléchir, aimer en fonction de nos motivations personnelles. Le mot «motivation», de la même racine étymologique que «mouvement», «moteur», «mobile», indique un mouvement de la pensée pour l'obtention de quelque chose. Face à une très grande soif, tout mon organisme et toute ma pensée orientent ma perception à chercher, à voir, à trouver de l'eau. Sur le plan psychologique, une personne anxieuse dominée par le désir d'être aimée oriente l'ensemble de ses actes et de ses pensées à assouvir son «besoin» d'être aimée.

Qu'est-ce que la motivation? C'est du désir. Je désire être accepté par tel groupe social, je deviens donc motivé à faire tout le nécessaire pour qu'ils m'acceptent. Je désire devenir mince, je me motive à faire de l'exercice, à suivre un régime, à me priver de certaines bonnes choses comme le chocolat.

Lorsque je rencontre un nouveau client, je m'assure de bien comprendre ses véritables désirs, car si ceux-ci ne sont qu'illusions, ses motivations ne seront que désillusions. Prenons, par exemple, deux clients. L'un est motivé à apprendre à mieux communiquer (motivation) parce que son désir profond (désir) consiste à vouloir de l'avancement; il n'éprouvera alors que désillusion. L'autre est motivé à mieux communiquer parce qu'il désire se rapprocher des gens: sa femme, ses enfants, ses employés. Celui-ci connaîtra la satisfaction et un meilleur équilibre parce que son désir n'est pas une illusion.

Motivation et désir, avers et envers d'une même médaille. S'il est vrai que la *motivation* répond à un *désir*, comment appellerait-on un désir frustré? Stress!

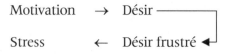

Motivation → Désir ─────┐

Stress ← Désir frustré ◄─┘

Tout ceci peut paraître abstrait, mais les conséquences, elles, sont très concrètes.

La première de ces conséquences: quelqu'un dont les désirs sont illusions ou irréalistes ou trop lointains verra ses désirs frustrés, d'où le stress.

Une autre qui vit en fonction des autres ne saura plus comment créer ses propres désirs personnels, d'où frustration, dépit, stress, voire perte de son identité propre.

C'est le drame de beaucoup de jeunes de milieux aisés. N'ayant pas appris à construire leurs propres désirs, se fiant, jusqu'à l'âge de vingt ans, à leur nom de famille, à la puissance de l'argent et au prestige, ils ne savent plus comment se bâtir un idéal personnel, un projet de vie – trop de confort détruit la capacité à l'effort. Ceux qui s'en sortent le font au prix d'un cheminement long et courageux par lequel ils apprennent à bâtir leurs propres racines: ce que je-suis, ce que je-veux, ce que je-peux.

J'entends deux préjugés fréquents et dangereux concernant le stress: le stress est à la fois positif et normal. Le stress est une énergie *négative* d'adaptation. S'il est maintenu trop longtemps, il provoque angoisse et anxiété, et est même à l'origine de plusieurs maladies très bien connues: ulcères d'estomac, impétigo, diverticulose, névralgies, lombalgies, dépressions, *burnout* et bien d'autres. Le stress, tout comme le tabagisme ou l'alcoolisme, ne tue pas du jour au lendemain. Il sape peu à peu les bases de la santé et du bien-être; insidieusement, il crée même un état de dépendance. Que penser de ces gens faisant des sports extrêmes et qui déclarent, avec fierté, que le stress, le danger et la peur leur procurent le sentiment ultime de vivre? Et c'est précisément cette sensation aiguë de stress qu'ils recherchent. Sport extrême et stress extrême: la vie et le bonheur sont pourtant plus simples.

Pour tous les prêtres de l'efficacité, du rendement et de la performance, il est pratique et utile de nous marteler l'esprit avec l'idée que le stress est normal, positif, voire nécessaire. J'ai même connu des dirigeants très efficaces et équilibrés se faire reprocher leur manque d'énergie, de dynamisme et d'ambition parce qu'ils étaient simplement détendus et sereins. On connaît tous l'adage très utilisé dans les entreprises: «Les bons gars finissent toujours derniers dans la course à la réussite.» Comment concilier bonheur et stress? Le bonheur suppose une paix de l'esprit et la sérénité, le détachement et la faculté d'apprécier. Le stress implique une tension, la conscience d'un risque, une certaine peur liée souvent à un sentiment d'impuissance à réussir, à réaliser quelque chose.

Le stress est un mécanisme d'adaptation aussi essentiel que nos mécanismes de défense. Il serait aussi anormal, cependant, d'être en état de stress permanent que de maintenir nos mécanismes de défense en état d'alerte continuel.

La majorité des gens qui se présentent à mon bureau pour la première fois, donnent l'image de gens épuisés physiquement et moralement, extrêmement stressés; ils ont des réactions très agressives ou, à l'inverse, totalement apathiques. Ils ne ressentent même plus les effets du stress ou se fâchent si on les dit stressés. Tel est l'effet insidieux du stress. Un stress «stable» combiné à un épuisement physique, puis moral, ainsi qu'à un sentiment de ne plus se maintenir à flot (sentiment d'impuissance) et voilà un individu près du *burnout* ou de la dépression.

Il faut bien savoir qu'un *burnout* très sévère laisse des séquelles psychologiques et physiques permanentes et la brisure se produit de façon brutale: l'individu ne dort plus depuis quelques jours; un matin, des maux de tête lui vrillent le cerveau et, au début d'une réunion importante, il se met à vomir à en suffoquer. C'est l'éclatement.

Je viens de décrire le cas réel d'André. Quarante ans, PH.D. en chimie et ingénieur, président d'une importante filiale industrielle en métallurgie. Une histoire à succès. Je sentais chez André une peur sourde, une crainte de l'échec combinée à un grand orgueil: «Il avait toujours tout réussi.» On lui confia une mission impossible en

Afrique du Sud et devant l'impossible, le probable se produisit: *burnout* carabiné. Il avait rencontré son SAR/AH (choc, colère, refus, acceptation et aide). J'ai travaillé avec lui, pendant dix-huit mois, sur ce que j'appelais ses quatre dragons ÉMOI (égoïsme, méfiance, orgueil et insécurité). Aujourd'hui, six ans plus tard, André a révisé ses valeurs et ses priorités. Beaucoup plus proche de son épouse et de son fils, il a perdu ce que j'appelais son «esprit de machine». Il s'en est sorti grâce à l'appui formidable de son épouse qui avait la foi, l'espérance et l'amour.

Depuis, André a accepté une fonction moins prestigieuse et, surtout moins stressante. Il me semble très heureux et demeure conscient que ce *burnout* l'a fragilisé. Oui, il garde une certaine crainte salutaire vis-à-vis de l'ambition, de la course au succès et de la fuite en avant.

Course au succès et fuite en avant, voilà les deux ingrédients de base pour une vie stressante, épuisante et appauvrissante.

Gérons notre stress, sinon le stress nous gérera. André et la plupart des dirigeants que je rencontre ont souvent des comportements exacerbés, des communications interpersonnelles médiocres et un style de gestion autocratique.

Avant de commencer un processus de transformation avec eux, je leur apprends tout d'abord à gérer leur stress et à le ramener à un niveau acceptable. Cela fait, comme par magie, leurs comportements s'humanisent, leurs communications s'assouplissent et leur style de gestion s'améliore. Tel est l'un des secrets de ma méthode de coaching: diminuer le stress pour faire place à une paix intérieure. Cette paix intérieure favorise le dialogue intérieur, source de toute transformation authentique; et toute transformation vraie est stable, durable et observable.

J'ai trouvé, chez les gens «surstressés», dépressifs ou en *burnout*, cinq éléments stresseurs en commun, les cinq M: médicaments, médias, mémoire, médisance et méfiance.

Médicaments: les gens «brûlés» sont toujours de grands consommateurs de médicaments, ce qui inclut ici alcool, drogue, tabac, tout produit chimique à effet calmant ou excitant. J'ai rencontré une dame qui buvait une bouteille de Pepto-Bismol par jour pour soigner les brûlures d'estomac; un homme qui prenait deux grosses bouteilles de sirop à base de codéine par semaine; un autre qui avalait tous les jours des antidépresseurs, des antianxiogènes et des calmants. Ouvrez les pharmacies des personnes âgées autour de vous, et vous y trouverez suffisamment de médicaments pour soigner dix personnes. Aux États-Unis, des millions de personnes boivent de dix à douze colas par jour et de cinq à dix cafés. Cela fait beaucoup, beaucoup de codéine et de caféine. Ces gens que je viens de décrire ne sont même pas conscients de leur consommation. La dame au Pepto-Bismol croyait soigner ainsi ses brûlures d'estomac. Non, c'était devenu son dérivatif à toute une vie de colère et de frustration.

Médias: les journaux, la télévision, la radio nous bombardent sans relâche, nous abreuvant du pire, du laid et du méchant. La publicité, de son côté, nourrit nos complexes ou se nourrit de nos vanités pour vendre ses crèmes et ses savons miracles. Depuis quelques années déjà, nous voyons naître une nouvelle forme de publicité: des gouvernements, des organisations syndicales, des mouvements religieux qui se paient de pleines pages publicitaires pour se dénoncer et s'attaquer mutuellement, et ce, évidemment, à nos frais et à nos dépens.

Les gens dépressifs, plus que n'importe quel autre, passent des centaines d'heures à se nourrir, par les médias, du pire, du laid et du méchant. Étant eux-mêmes déprimés, ils y cherchent inconsciemment une raison d'être déprimés: cercle vicieux de la souffrance. Le cas ultime que j'ai rencontré: un jeune homme de trente-cinq ans qui faisait fonctionner sa télévision jour et nuit, car lorsqu'il la fermait, il était incapable de dormir et faisait de l'angoisse.

Mémoire: tous les gens et les clients victimes de dépression ou de *burnout* que j'ai connus, sans exception, développaient une mémoire du passé outrancière et culpabilisante. «Si, à quinze ans, j'avais fais cela au lieu de ceci, aujourd'hui, je...» «Si mon père n'avait pas été aussi sévère, je n'en serais pas là.» «Si ma mère m'avait aimé autant que mon frère...»

J'ai vu des hommes et des femmes, à la suite d'un *burnout*, se mettre à reprocher au conjoint une erreur vieille de trente ou de quarante ans. J'en ai vu d'autres écrire à leurs parents très âgés des lettres de blâme monstrueuses.

La mémoire est une faculté merveilleuse pour se rappeler les beaux moments, non pas pour se charcuter l'âme.

Médisance: autre caractéristique des gens déprimés ou en dépression nerveuse, leur propension incontrôlable à critiquer, à blâmer tout le monde, surtout leurs proches malheureusement. Voyez un déprimé, il cherche à déprimer tout le monde autour de lui quand il échoue. Il s'enferme dans un silence hostile, lourd et froid comme un marbre funéraire. Et, dans ce silence lourd, le dépressif s'active, observe. Eh oui, il cherche des causes pour blâmer et critiquer quelqu'un!

Méfiance: la méfiance est déprimante, et la déprime rend méfiant. La méfiance, instinct négatif de survie, est une réaction de défense face à la peur. La méfiance, comme toutes les émotions négatives, exige un tribut énergétique extrêmement élevé. Cela explique que les personnes très méfiantes vivent un état de stress permanent. Une émotion positive énergise alors qu'une émotion négative draine l'énergie.

Quand je reçois un client en *burnout*, il oscille entre la passivité hostile et la méfiance agressive. Il croit souvent que l'entreprise me paye pour se «débarrasser de lui», il croit que je le pense fou, il craint que j'émette des rapports secrets contre lui. J'avais un de ces clients en *burnout:* parce qu'il me croyait psychologue, il a refusé de me rencontrer. Quand on lui a dit que je n'étais pas un psychologue, eh bien, il a dit vouloir rencontrer un psychologue!

Il est plus difficile pour un dépressif de vaincre sa méfiance que de vaincre les quatre autres dragons parce que combattre notre méfiance nous force à reconnaître et à confronter nos peurs ou, au contraire, à nous déresponsabiliser face à notre propre vie.

Les cinq «M» de la dépression peuvent et doivent être vaincus par ceux qui veulent se libérer. Pour se libérer, je suggère à mes clients au bord d'un *burnout* de mettre en pratique les cinq A: air, activité, amitié, arrêt, eau.

Vous avez tous, un jour ou l'autre, connu un parent, un ami ou un collègue qui vivait l'épreuve de la dépression ou du *burnout*. Vous avez peut-être remarqué que ces personnes ne prennent plus l'air, cessent de faire l'activité qui, jusque-là, les motivait le plus et refusent de voir leurs meilleurs amis. Leur cerveau travaille jour et nuit à «broyer du noir» (plus d'arrêt). Souvent, elles boivent du café, du cola, de la bière en quantité impressionnante et non plus d'eau parce que celle-ci «goûte le fer».

Ces cinq manières simples de soigner une dépression ou de l'éviter, fort bien connues de la médecine, sont peu commercialisables, car la richissime industrie pharmaceutique ne voit aucun intérêt ou aucun profit à les vendre. Les gouvernements en récolteraient d'ailleurs bien peu de taxes et d'impôts. Par contre, l'industrie des calmants et des antidépresseurs rapporte des centaines de milliards en Amérique et en Europe.

Air: il faut bouger et prendre l'air pour s'oxygéner, se «changer les sangs». Rappelez-vous l'expression merveilleuse de nos grands-mères: «se faire du mauvais sang», ce que font les gens déprimés. Ceux-ci ne veulent plus sortir: il fait trop chaud... trop froid... c'est trop humide... trop tard... trop tôt... plus tard... Toutes les raisons sont bonnes.

Activité: j'ai souvent vu des clients en *burnout*, passionnés de voile ou de golf, en congé de maladie pour trois mois. Vous pensez qu'ils s'adonnaient à leur sport favori pendant ce congé? Eh bien, non! «Ça ne me tente pas.» «Je suis trop fatigué.» «Je ne suis pas "montrable".» Souvent, les cadres en *burnout* ressentent une honte face à leur état; selon eux, c'est une faiblesse.

Face à la menace de la dépression, il devient impérieux de s'adonner à une activité agréable et relaxante: la marche, la bicyclette, la natation. N'importe quoi, mais bougez: grouille ou rouille!

Le maintien d'une activité simple permet à la personne déprimée de recharger la batterie, de se changer les idées; en fait, cela permet de se réénergiser de sentiments positifs.

Amitié: le dépressif ressentant de la culpabilité et de la honte se cache. Puisqu'il ressent également de la colère et du dépit, il en veut aux autres, il fuit. Confusion des sentiments, son cerveau bouillonne, il a la sensation qu'il va exploser, il a peur. Les gens dépressifs se détournent souvent de leurs amis ou de leur famille, au moment où ils ont le plus besoin de leur amour et de leur compréhension, comme l'animal blessé qui cherche à mordre la main qui le soigne. Il faut un peu forcer la porte de leur cœur.

Arrêt: nous l'avons souvent mentionné, un individu dévoré par le stress va connaître la dépression ou le *burnout* parce que le cerveau s'emballe, ne se repose plus et devient même incapable par lui-même d'entrer en état de repos, d'arrêt. Le cerveau, comme tout organe, a besoin de sommeil, de repos, pour restituer ses forces, son équilibre, son énergie. Un stress prolongé provoque la diminution ou la cessation de production d'hormones cérébrales, les endorphines. Cela explique la tendance des gens dépressifs à surconsommer des drogues chimiques de remplacement (médicaments, sirops, boissons gazeuses, chocolat, café, etc.) Ces hormones cérébrales commandent toutes les activités électrochimiques du corps, d'où les conséquences graves reliées au stress et à l'épuisement qui en résulte.

Les philosophies orientales ont toujours enseigné l'importance de faire de courts et nombreux temps d'arrêt dans notre journée. Le zen suggère de pratiquer le za-zen (petite méditation), ce que je fais personnellement depuis de nombreuses années, et quels bienfaits j'en retire! Plus d'énergie, moins d'idées noires et moins de stress.

Je suggère à mes clients, tous très sollicités et débordés, de faire cinq à huit temps d'arrêt quotidiens de cinq minutes. Cinq minutes vraiment données à eux-mêmes, pour récupérer, pour se recentrer et pour se relativiser. Qu'ils lisent un bout de poème, qu'ils regardent les nuages passer, peu importe, pourvu que leur cerveau se repose, fasse le vide.

Mes clients pourraient tous le confirmer, les bénéfices sont immédiats et cela les rend capables d'apprécier et de goûter tous les bienfaits de leur vie.

Eau: avez-vous déjà expérimenté les situations suivantes?

Vous êtes en colère contre un collègue. Avant votre réplique cinglante à cette personne, vous faites un temps d'arrêt de vingt secondes pour prendre un peu d'eau et soudain, vous vous sentez calmé, plus serein et plus en contrôle.

Vous devez parler en public, lors d'un mariage. Vous vous sentez intimidé, mal à l'aise, vous ne savez où placer les mains. Vous saisissez le verre d'eau en face de vous, une ou deux gorgées et, comme par enchantement, vous devenez plus à l'aise, plus sûr de vous.

L'eau, incolore, inodore et insipide est pourtant le «médicament» universel de tout vivant: lubrifiante, dépurative et diurétique.

Nous devrions boire l'équivalent de deux litres d'eau par jour. La majorité des gens, surtout les personnes âgées et les adolescents, sont très, très loin de ces moyennes. J'ai connu des adolescents qui ne buvaient pratiquement pas d'eau naturelle parce que «ça ne goûte rien». Ils étanchaient leur soif avec des colas et des jus artificiels en poudre. Vous avez noté que les restaurants n'offrent plus d'eau sous un quelconque prétexte écologique. «Pas d'eau, plus de vin» est un adage connu et rentable chez les restaurateurs. À mes clients qui ont le sentiment de consommer un peu trop de vin, je leur suggère de faire précéder la bière ou le vin par un verre d'eau. Exigez toujours de l'eau au restaurant, votre budget en bénéficiera plutôt que le restaurateur.

Tous les gens stressés que j'ai connus diminuaient jusqu'à cessation la consommation d'eau naturelle. En fait, plus leur stress augmentait, moins ils buvaient d'eau.

L'air, l'activité, l'amitié, l'arrêt et l'eau. Quoi de plus merveilleusement simple! «C'est trop simple pour être vrai», me dit-on. Quand on a peur de la vérité, on se méfie de la simplicité.

La peur, grande source de stress, aime le complexe, le compliqué, le tourmenté, l'alambiqué, le biscornu. Un esprit complexe risque d'avoir beaucoup de complexes, manipulera ou tentera de vous écraser. Remarquez comment les gens compliqués vous compliquent la vie, comment les négatifs vous dépriment et, enfin, comment les amants du mensonge vous plongent dans la confusion et l'insécurité.

Pour combattre le stress, fuyons ses artisans!

LA PEUR

L'araignée fait peur.
On la tue.
Qui devrait avoir peur?
Elle est morte, l'araignée.
La peur
Demeure.

On ne tue pas la peur, et la peur peut nous tuer... L'araignée en sait quelque chose. Les guerres aberrantes et absurdes des siècles passés, c'est l'histoire de la peur érigée en système par des maniaques déments, monstres égocentriques et vaniteux. Hitler en est l'exemple le plus criant. Ce paranoïaque obsessif-compulsif passait des heures, des journées entières, devant un miroir, à étudier ses gestes, ses postures, ses effets de voix. Résultat: cinquante-trois millions de morts. Et la souffrance humaine? La souffrance ne peut pas se comptabiliser. Hitler? Il ne s'intéressait pratiquement pas à la guerre sale, celle qui se fait dans la boue et les odeurs d'urine et de sang figé.

Caché dans le luxe honteux du «Nid de l'Aigle», son rôle se bornait à comptabiliser la mort. Il n'y en avait jamais assez. Cette guerre innommable a été rendue possible grâce à la lâcheté, aux mensonges et à l'insécurité, bref, à cause de la peur des gens sensés face à l'orgueil démesuré et l'égocentrisme de l'Allemagne nazie. Tout le monde avait peur d'Hitler, surtout ses généraux et... la peur tue. Ce poème japonais datant du XIe siècle sera toujours un chef-d'œuvre actuel. En quelques mots, il décrit la peur, l'insécurité et l'instabilité de la condition humaine.

Le ciel est sombre
Et sous l'orage, les vagues

S'élèvent.
Dans la barque qui vogue,
Les esprits sont inquiets.
>   Shin Kok, X, 918.
>   (*Anthologie de la poésie japonaise classique*, Gallimard, 1980,
>   p. 158)

Qu'est-ce que la Peur?
La peur
Qui engendre le mal
Vient du mensonge.
Le mensonge vient de
La méfiance et
De l'insécurité.
Elles-mêmes viennent de
L'Égoïsme et de l'Orgueil.
Égoïsme: soif de pouvoir.
Orgueil: vanité affamée.
Le pouvoir nourrit la vanité
Qui abreuve le pouvoir.

Cercle vicieux de la peur, et du mal, et du mensonge.

Les trois grandes peurs universelles: vieillir, souffrir et mourir. Je ne crois pas au discours de ceux qui affirment au nom d'une religion ou d'une philosophie que souffrir, vieillir et mourir doivent nous laisser indifférents ou sereins. La fuite de la peur est une autre forme de peur. Il faut accepter l'inéluctable et s'en accommoder.

Celui-ci s'empêche de vivre à cause de sa peur de la mort; cet autre passe sa vie dans les centres de santé et de musculation à consommer protéines et vitamines en poudre pour rester jeune; ce troisième s'abêtit de travail pour oublier la souffrance. Trois réponses à nos vieilles peurs qui obtiennent l'effet contraire: elles augmentent la peur en y ajoutant la frustration, puis la désillusion.

Là encore, le bon chemin est tellement plus simple que les sentiers tortueux et illusoires.

Parmi le règne animal, les trois grandes peurs sont exclusives à l'humain parce que celui-ci est l'unique détenteur d'une sensibilité spirituelle aussi évoluée. Il est conscient d'être conscient. Doit-on renoncer à notre conscience pour contrer nos peurs? Que non pas! Conscience et sensibilité doivent se fondre pour se compléter.

Quand elle fond,
La glace avec l'eau
Se raccommode.
>   (*Op. cit.*, p. 229.)

146

Conscience et sensibilité retrouvées, l'amour triomphe de la peur et notre sensibilité à sentir, à rire, à apprécier se raccommode avec notre conscience de la souffrance, de la vieillesse et de la mort.

Conformément aux lois du bonheur, chaque jour, prenons le temps de sentir, de rire et d'apprécier, des antidotes puissants contre la peur.

Sentir : notre sensibilité, comme l'eau, est incolore, inodore, insipide, fluide, souple, hydratante pour l'âme. Elle adopte la couleur, l'odeur et la saveur de nos vertus ou de nos vices. Une personne envieuse aura une sensibilité envieuse et une personne altruiste, une sensibilité généreuse. La personne envieuse développera une sensibilité jalouse, la personne altruiste héritera d'une sensibilité faite de confiance et d'ouverture aux autres.

Notre sensibilité fluide épousera la forme du vase que nous lui offrons.

La sensibilité nous permet de sentir et de ressentir : sentiments et émotions. L'«esprit de machine» des hyperrationnels méfiants : quand vous dites bonjour à ces personnes, elles cherchent le fondement scientifique de votre affirmation ou le sous-entendu caché. Quelle tristesse ! Un être humain dénué de sa capacité de sentir parce qu'il se méfie de la sensibilité : la peur encore.

Notre capacité à sentir nous fera ressentir avec acuité la souffrance, la douleur. En revanche, cette capacité nous fera goûter à fond les milliers de moments de joie, de bonheur et de plaisir que la vie nous offre. Cultivons notre sensibilité en nous exerçant à sentir.

Rire : entre souffrir et mourir, le juste milieu de la peur, c'est vieillir. Le milieu juste de l'amour, entre sentir et apprécier, c'est rire.

Je reconnais un couple amoureux à leur capacité de rire ensemble. Les vrais amis savent rire. Que cela nous fait du bien de rire ! Je dis souvent à mes clients que le rire est la vitamine de l'esprit. Mes clients commencent la transformation au moment où ils deviennent capables de rire d'eux-mêmes, de leurs petits travers, de leurs petites faiblesses et des situations cocasses. Le rire libère, énergise, et le besoin en est si grand que les humoristes font fortune : on paie des professionnels pour nous faire rire. L'esprit jeune, le cœur jeune sait rire. Les personnes blasées, les dépressifs, les agressifs, les méfiants ne rient pas souvent, pas beaucoup et quand ils le font, c'est généralement de quelqu'un. Il faudrait peut-être inventer une thérapie du rire. Par contre, les gens sereins, en paix avec eux-mêmes, les personnes simples, généreuses, aiment rire et savent rire.

Si vous voulez développer le rire, ce ne sera certainement pas en écoutant la météo, les nouvelles ou les résultats des loteries; c'est en sachant voir les beautés qui vous entourent. Pour cela, il faut un cœur généreux et enthousiaste et, au fond, c'est cela la jeunesse. Le cœur ne vieillit pas et la parole de l'Évangile évoque bien cela: «Si vous ne redevenez pas de petits enfants...»

Apprécier: notre conscience, à l'image de la glace, est structurée, forte, résistante et peut emprisonner notre âme et geler notre cœur... quand on la force à se taire. Ayons la force de l'écouter et elle saura nous éclairer, malgré la nuit et les nuages du chagrin.

La faculté d'apprécier, l'un des quatre piliers du bonheur, avec la sérénité, la paix de l'esprit et le détachement, est souvent obnubilée par une conscience hargneuse ou culpabilisante. Beaucoup de religions ont su s'accaparer et diriger la conscience des gens pour les dominer. Pensons aux chrétiens qui ont massacré des millions d'indigènes au nom de la foi et au service du roi, la Sainte Inquisition qui, pendant cinq siècles, a brûlé et torturé au nom de la très sainte Église. Tout fanatisme, fût-il religieux, oblitère la conscience, car il est sectaire, et le sectarisme est aveugle parce qu'il est dénué de toute conscience.

Je peux évoquer, au même titre, le fanatisme des groupes politiques, culturels ou sociaux, présents sous toutes les latitudes et à toutes les époques: la bêtise méchante et bornée ignore les frontières et le temps.

Ce qui est spécifique aux religions, à toutes les religions, concernant la conscience, c'est de s'être approprié ce concept psychologique et d'avoir fait croire à l'humanité qu'elle est une réalité essentiellement religieuse. Les religions et leurs prêtres qui brûlaient et torturaient les païens, les athées, les femmes, les Sarrasins, les savants, les libres penseurs, selon le fanatisme des époques, se donnaient bonne conscience en se disant que, de toute façon, ces suppliciés étaient sans âme, donc sans conscience.

Nos consciences ont été conditionnées à avoir peur de l'enfer et du diable, à craindre Dieu et la joie de vivre. La peur engendre le mal, non pas la joie de vivre. Redevenons les maîtres de notre propre conscience, car la science du bien et du mal est inscrite en nous, et cultivons la conscience du vrai, du beau et du bien! Il y va de notre liberté intérieure.

Une conscience remplie de peur, de culpabilité et de haine enfante les tortionnaires et les tyrans. La conscience libérée, pacifiée et
sereine nous permet d'apprécier tous les bienfaits de la vie: la beauté
de la rosée, le chant matinal du pinson, les odeurs après la pluie,
notre corps dans chacun de ses mouvements, ses cinq sens, l'amitié,
l'amour, la joie d'être, de vivre, d'exister. Ceux qui ont frôlé la mort
peuvent tous témoigner que cette expérience les a fait renaître à la
vie pleine, reçue et vécue comme un cadeau.

Y a-t-il une vie après la mort? Soyons conscients d'en avoir une
avant la mort.

Les religions, au nom de la foi, forçaient notre intelligence et
notre conscience personnelle à se taire. Celui qui doutait risquait le
rejet, la désapprobation sociale et même de perdre son emploi. Nos
consciences personnelles étaient prises en otage au nom de la foi
aveugle, expression du clergé de notre enfance. Peur du péché, peur
de l'enfer, peur du clergé, peur du curé, peur de s'exprimer, peur de la
vie, peur de l'éternité.

La peur. Qu'est-ce que la peur? Un couteau sans lame dont le
manche invisible est tenu par celui qui a peur. Cessons d'avoir peur,
prenons le beau risque d'être soi.

LE MAL

Qu'est-ce que le mal?
La peur
Qui engendre le mal
Vient du mensonge.
Le mensonge vient de
La méfiance et
De l'insécurité.
Elles-mêmes viennent de
L'égoïsme et de l'orgueil.
Égoïsme: soif de pouvoir.
Orgueil: vanité affamée.
Le pouvoir nourrit la vanité
Qui abreuve le pouvoir.

Qu'est-ce que le mal? Un cercle vicieux. L'hitlérisme, ce n'était pas le mal comme tel, c'était la peur monstrueuse qui engendrait l'absurde. Hitler, homme sans aucune conscience, donc sans scrupules, tuait tout ce qui avait un cœur, une âme, un esprit, autour de lui. Il tuait la vie. La mort se nourrit de morts, le vampire s'entourait de prédateurs. Et ce n'est pas encore le mal, c'est la peur, la douleur, la souffrance. Le «bal des vampires» ne faisait que débuter en 1933. Les vagues mugissantes du mal commencent à s'élever:

Oh! ces vagues mugissantes
Qui, du large, déferlent
Sur la grève,
Dans un tumulte de déchirures, de cassures
Et d'éclaboussures! (*Op. cit.*, p. 185.)

Le mal dans l'hitlérisme, ce fut d'abord «le silence des agneaux», le silence incongru de la Suisse, la frileuse collaboration française, les savants discours creux de la Belgique, de la Russie, de la Hollande.

Mêmes lâchetés que l'Église à genoux devant Bonaparte pour le sacrer empereur. Hitler n'a pas été un grand homme de guerre, c'était par contre le roi des menteurs effrontés et des frondeurs. Personne, aucun pays, pas même ses généraux ne croyaient en ses soi-disant pactes de non-agression, ses mensonges. Par lâcheté et pour avoir la paix, tous et tous les pays faisaient semblant d'y croire: le mensonge du mal nourri par la lâcheté du bien. Quand on veut acheter la paix, on la paie toujours trop cher. Cette phrase aurait pu être de Winston Churchill, le seul qui a osé dénoncer ouvertement la folie du nazisme. Il prêchait dans le désert, avec l'entêtement du pêcheur de perles:

> Au fond des flots,
> Repose une perle blanche.
> Le vent peut souffler,
> La mer devenir furieuse.
> Je n'aurai de cesse
> Que je ne l'aie prise. (*op. cit.*, p. 63)

L'espoir, dans le mal, c'est qu'il y a toujours une perle au fond du gouffre.

Le mal, dans le nazisme, ce fut d'abord dans l'ordre: la démence d'un homme appuyé par les frustrés, les faibles, les inquiets, les méfiants et les mégalomanes et mythomanes qui s'empressaient de s'inscrire au Parti nazi. Les plus fanatiques d'entre eux se voyaient récompensés dans le mal, ils devenaient Chemises brunes ou membres de la Gestapo.

Puis, ce fut l'établissement de l'empire du mal: la lâcheté des uns, le silence des autres.

Finalement, ce fut le «pas dans ma cour» des bons. L'Autrichien se disait: «Ah, il attaque la Pologne, ça ne nous concerne pas et après tout, Hitler est Autrichien!» Quand il annexa l'Autriche, la France se mêla de ses affaires et quand Hitler déclara l'Alsace et la Lorraine allemandes, la France fit des discours. Quand Hitler utilisa la Suisse comme banque privée, celle-ci se déclara neutre. Quand il attaqua l'Angleterre, Churchill riposta. L'aide des bons demeura timide, au début, mais le pêcheur de perles gagna son pari: ce fut le début de la grande riposte.

Le mal dans le nazisme, ce fut toutes les petites saletés au quotidien. Celui-ci profitait de la folie nazie pour dénoncer un voisin, un autre reniait un ami juif en public pour «être bien vu», des Juives à la tête rasée dont on se moquait dans la rue, même si au fond on désapprouvait le geste, le Suisse bien gras qui cachait l'argent et l'or volés dans les dents arrachées aux suppliciés, le fils qui dénonçait son propre père, ami des Juifs, pour être admis au sein des Chemises brunes.

Le mal, comme une grenade, fonctionne en trois temps: l'amorce, le déclencheur et l'éclatement. Ainsi, Hitler prit le pouvoir en 1933 (amorce), puis ce fut la Nuit de cristal (déclencheur) et la déclaration de la guerre (éclatement).

J'ai utilisé la Deuxième Guerre mondiale pour illustrer mes réflexions sur la peur et le mal parce que ces faits sont connus de tous et historiquement bien documentés. J'aurais pu me servir de bien d'autres événements, mais le mal a toujours une même structure: un prédateur qui tue ou achète la résistance, les bons qui gardent un silence impuissant et l'instinct de mort qui triomphe... du moins un certain temps.

Le mal, contrairement au bien, contient son propre germe de destruction: le mal tue; il tue même le mal. Dans les groupes criminalisés, motards ou mafia, trahir la loi du silence ou le «code d'honneur» se paie par la mort. La peur et le mal n'autorisent pas la conscience personnelle, non, ils exigent la «foi aveugle», et la conscience collective de l'organisation se substitue à la morale individuelle. Solidarité, clament les puissants syndicats; conséquence: le groupe et chaque individu taisent un acte de sabotage, la violence, la fraude, le «tabassage» d'un contestataire au nom de la solidarité. Les plus intègres ont peur et la peur rend muet; le mensonge profite de ce silence, et le mensonge est très loquace. Voilà comment la peur engendre le mal.

Plus près de nous, le mal existe aussi, au bureau, dans nos cercles sociaux, parfois même dans nos familles. Mêmes petites saletés quotidiennes que la Grande Guerre, selon la même structure: amorce, déclencheur, éclatement.

ÉTUDE DE CAS

Voici le cas bien réel de monsieur X, chef d'équipe dans une grande usine d'assemblage de véhicules. Monsieur X, ambitieux et carriériste, à la morale opportuniste, se rapporte au vice-président de l'ingénierie, homme doux, gentil, psychologiquement faible, très inquiet et beaucoup moins intéressé par l'ingénierie qu'à être «bien vu» par les dirigeants européens.

L'AMORCE

La vision du vice-président

- Monsieur X est extraordinaire, il livre des résultats.
- Nos ingénieurs devront s'adapter ou s'en aller.
- Je ne tolérerai pas la résistance aux changements de leur part.
- Monsieur X a ma confiance totale.
- Je me fie à monsieur X parce que moi je n'ai pas de temps à perdre sur le plancher.

La philosophie de monsieur X

- Qui veut la fin, prend les moyens.
- Ou ça passe ou ça casse.
- Les ingénieurs ont besoin d'un meneur fort.
- Ils devront changer leur mentalité.
- Je ne suis pas ici pour me faire aimer.
- Qui n'avance pas, recule.

Monsieur X qui détenait un diplôme de technicien s'est hissé à la tête de l'entreprise à coups d'intrigues et en flattant le vice-président. En quatre mois, le vice-président et monsieur X ont produit six organigrammes: désinformation. C'est à travers ces organigrammes complexes que monsieur X est devenu, mine de rien, chef de l'ingénierie et, selon les critiques et la résistance des employés, on «ajustait» l'un ou l'autre de ces organigrammes. Pas de concours, pas d'entrevue, pas de consultation. J'ai parlé de cela au président, homme compétent et intelligent; il s'est dit impuissant à intervenir parce que le «vice-président» est bien vu et bien appuyé en Europe et... qu'il attendait mes solutions.

LE DÉCLENCHEUR

Entre-temps, dans l'équipe des quatorze ingénieurs, absentéisme, *burnout* et dépression augmentaient de façon alarmante et le rendement se maintenait à coups de menaces, de statistiques faussées et de chiffres manipulés par monsieur X. Quand un ou des ingénieurs me parlaient, ils étaient convoqués *manu militari* au bureau de monsieur X; en retour, celui-ci m'expliquait doucereusement qu'il cherchait par tous les moyens à m'appuyer dans mon mandat et qu'il en allait de même pour le vice-président ingénierie. Pour se débarrasser du leader naturel du groupe, monsieur X s'est «organisé» pour lui faire commettre des erreurs que lui s'empressait de corriger aux yeux du vice-président.

Rumeurs, délation, mensonges, vérités tordues: monsieur X attaquait, tour à tour, un des ingénieurs et se faisait complice d'un autre. Dans cette équipe triste, je ne voyais que peur, menaces et mensonges.

L'ÉCLATEMENT

Les neuf ingénieurs restants de l'équipe originale ont décidé de faire front commun et de dénoncer la situation auprès du président, d'où ma venue dans ce dossier. Les services techniques ont fini par dire la vérité concernant la situation. Les autres vice-présidents ont donné leur appui aux ingénieurs, mais de façon informelle (le silence des bons).

J'ai eu plusieurs rencontres avec le vice-président en ingénierie pour lui ouvrir les yeux concernant monsieur X. En homme intelligent, il savait tout cela, mais il ne voulait pas le voir: «Je le sais, mais je ne veux pas l'entendre.» Le silence des agneaux plutôt que le risque.

Finalement, j'ai rencontré monsieur X et lui ai fait rapport de mes observations. Je lui ai même mentionné que je le définissais comme un prédateur: «Vous montez dans cette organisation sur le dos des cadavres que vous semez derrière vous.» Croyez-le ou non, il n'a pas été offusqué. Il prenait cela comme une sorte de compliment et croyait que j'encensais son courage, sa détermination et sa loyauté envers le vice-président et, comme les nazis dépouillés de leur conscience: «Je ne fais qu'obéir aux ordres du vice-président.»

Le mal tue le mal, et l'équipe a été démembrée. Un an plus tard, une chicane obscure entre le vice-président et monsieur X a précipité le départ de ce dernier, et le vice-président est devenu conseiller technique en Europe.

Le premier remède contre le mal: la vérité. Vérité de l'esprit, vérité du cœur et vérité de l'instinct (sensibilité). La vérité, je le dis souvent, est le plus fort de tous les arguments.

Face au mal, il ne s'agit pas d'être héroïque, simplement vrai. Mieux vaut prendre dix minutes de réflexion pour savoir comment dire les choses difficiles que de prendre ce même délai pour inventer un mensonge désagréable.

Le mal existe, le bien aussi. Mon code d'éthique est simple: les 3 **J**. Dans toutes mes relations humaines, j'essaie d'accueillir les gens avec gentillesse et ouverture, et de traiter toute situation avec **j**ustice, **j**ustesse et de manière **j**udicieuse. Le mal, comme le vampire, craint la lumière de la vérité.

Le mal muselle l'âme.
Silence effrayé, l'attente.
Le bien ne fait pas de bruit.
Le bruit ne fait pas de bien.
Silence apaisant: le calme.

La pratique de la vertu est une voie essentielle pour connaître le bonheur. Trop de gens voient celui-ci comme étant un but à atteindre, une finalité. Cela est vrai, mais c'est un but qui chemine avec nous. Pour atteindre le bonheur, faisons-en un compagnon de route:

LA VERTU

LA QUÊTE DE JAKUREN

Au milieu des plaines poudreuses,
Chemine, solitaire, Jakuren le moine.
Dix hivers ont blanchi ses cheveux.
Courbé ses épaules. Il marche.
Le bonheur est au bout du chemin,
Il en est certain.

La chance et le Bouddha aidant,
Izumi la douce, Izumi la nonne
Croise sa route en ce dixième hiver.
Le bonheur est au bout du chemin,
Elle en est certaine.

Izumi la douce,
Jakuren le solitaire.
Izumi et Jakuren, nonne et moine,
Marchent ensemble.
Le bonheur est au bout du chemin,
Ils en sont certains.
Foi en Bouddha,
Espérance du bonheur.

Bien d'autres printemps
Et bien d'autres hivers encore
Sur les chemins poudreux.
Le bonheur du Bouddha est proche.

En une nuit de neige qui tombe,
Le moine Jakuren,
Dans les bras de la nonne,
Dans les bras d'Izumi
Se meurt.

Dans ses yeux tristes,
Court un feu
Qui brûle son cœur.
Le bonheur là-bas,
Par-delà les plaines mystiques,
C'était Izumi la nonne,
Izumi la douce, la pure.

La vie est un voyage et seul sait voyager celui qui prend plaisir, tout au long du chemin, à parcourir ce chemin.

On ne peut pas vivre sa vie en attendant... Attendre la retraite, attendre de gagner à la loterie, attendre la fin de la semaine, attendre les vacances.

On ne peut pas vivre sa vie en enviant... Envier le beau-frère riche, envier un athlète, envier le succès d'un autre.

On ne peut pas vivre sa vie... dans l'arrogance, l'égoïsme, la vanité, la jalousie, la colère et la prétention dédaigneuse.

Le mot «vertu» est malheureusement devenu désuet. L'image des gens face à ce mot: ascèse, discipline, effort, contraintes, sanctification. La vertu? «Science sublime des âmes simples», selon l'écrivain et philosophe Jean-Jacques Rousseau. La vertu, c'est la morale instinctive du cœur: mon cœur sait ce qui est bien, il sait ce qui est mal, il sait ce qui fait du bien aux autres, il sait ce qui leur fait du mal. Même le très jeune enfant, d'instinct, sait ce qui plaît et sait ce qui blesse.

La vertu, c'est le code moral instinctif personnel des comportements envers soi-même et vis-à-vis des autres. La vertu, c'est l'ensemble des qualités du cœur personnelles à chacun: courage, douceur, bonté, patience, charité, générosité, confiance, justice. Les qualités du cœur favorisent la qualité de vie. Émotions, sentiments et intuition appartiennent au cœur: sensibilité. La logique, le raisonnement, le jugement, la connaissance définissent l'intelligence: conscience. Sensibilité et conscience se fusionnent: esprit de la personne.

Pour devenir un meilleur communicateur, il faut d'abord le vouloir et pour le vouloir, il faut découvrir le plaisir de la communication authentique. La vertu, les vertus s'acquièrent de la même façon. Il faut d'abord vouloir devenir meilleur et pour le vouloir, il faut apprendre à découvrir le plaisir d'être meilleur. Être meilleur ou être le meilleur. Deux choix, deux manières de vivre notre vie. La vertu, la première voie, demande un peu d'effort au quotidien; la performance, la seconde voie, est un combat de chaque instant où il n'y a pas de gagnant... au terme du voyage. La vertu s'acquiert dans le désir que l'on en a. Celui qui a le goût du vrai développera la vertu de justice, celui qui a le goût d'aimer ses semblables développera la charité, l'altruisme et la générosité. Celui qui a le goût de ne pas blesser les gens développera la prudence, le respect, la tempérance dans ses jugements. À l'opposé, comment le jaloux et l'envieux pourront-ils acquérir le goût du vrai, le goût d'aimer et le goût de ne pas blesser? Par un long travail préliminaire: reconnaître leurs peurs, leurs dragons, découvrir peu à peu leurs véritables aspirations et, finalement, acquérir le goût de devenir meilleur. Être le meilleur et devenir meilleur ne se mélangent pas, pas plus que l'huile et l'eau.

On ne corrige pas un défaut en le combattant et on n'acquiert pas la vertu en se combattant. On change et on se transforme en s'acceptant, en désirant se comprendre et comprendre les autres. Le bruit des illusions criardes qui nous harcèlent doit se taire: on ne change que dans le silence de son cœur.

Pour ceux et celles qui aspirent à la vertu, à devenir meilleurs, je crois que le CHEF et l'ÉMOI mériteraient une réflexion approfondie; c'est le choix premier de la barque qui nous mènera sur l'océan de la vie.

Être meilleur	**Être le meilleur**
Charité	**É**goïsme
Humilité	**M**éfiance
Espérance	**O**rgueil
Foi	**I**nsécurité
↓	↓
Paix de l'esprit	Peur
Sérénité	Mensonge
Détachement	Vanité
Capacité d'apprécier	Pouvoir
↓	↓
Amour	Mal

CONCLUSION

L'humanité est composée en très grande partie de personnes bonnes qui se débattent pour vivre dans un monde difficile. Les gens mauvais ou cruels forment un petit nombre et leur pouvoir est impuissant à détruire la bonté ou la vérité. La vie peut être une poésie: parfois les poèmes seront mélancoliques ou tristes; d'autres fois, ils seront sereins, touchants ou profonds.

Une poétique de la communication, pour nous rappeler que l'être humain est être d'amour, de relations et de partage. Tous les bons communicateurs possèdent ce don de goûter la beauté des choses et de voir la grandeur qui se cache dans les petits gestes de bonté. Je me rappelle ce clochard à qui je venais de donner un dollar. Il courait derrière moi: «Monsieur, monsieur, vous avez échappé ceci», il me tendait un billet de deux dollars tombé de ma poche, en me disant: «J'suis quêteux, mais honnête.»

C'est cela la beauté des choses simples, la beauté de l'amour. Quand un de mes clients, éreinté par la vie et l'épuisement, devient capable de rire avec son cœur, après quelques semaines, c'est cela le renouveau, le printemps du cœur.

En guise de conclusion, je vous livre, en quelques pages, toute ma philosophie sur laquelle repose mon approche en coaching. Et ces réflexions illustrent bien, selon moi, l'argument du titre: la discipline du bonheur; en même temps, je vous livre ces brins de sagesse qui valent pour tout le monde, cadre supérieur ou pas.

GOLF...
ET GESTION DE SOI

Laissez-moi vous raconter une petite histoire vraie.

Un vice-président directeur très compétent, plus travaillant que parlant, se faisait reprocher par tous de ne communiquer ni avec son personnel ni avec ses pairs, à peine avec le président. Il travaillait, travaillait, travaillait.

Au cours de sa première rencontre de coaching, je lui indiquai que ses collègues souhaiteraient une amélioration dans ses communications. Dans un seul souffle, dans un cri du cœur, il s'exclama: «Comment osent-ils critiquer mes communications? Je ne leur parle même pas!»

EFFORT VERSUS CONFORT

La morale de cette histoire: chaque cadre se doit de trouver le juste milieu entre l'EFFORT et le CONFORT, entre l'effort de travail et le confort psychologique. Il s'agit là du noyau central qui détermine le style de vie du cadre.

Le style de vie du cadre ne dépend ni de ses responsabilités, ni de l'entreprise, ni de ses contraintes. Non, il dépend d'abord de sa volonté personnelle. Un cadre veut-il avoir une vie équilibrée entre famille, travail et loisirs? Si oui, il se doit de transformer sa vision du travail et de la vie de bureau. Il doit se rendre compte que l'effort incessant, douloureux et hargneux le force à travailler encore plus fort. Quand toutes ses actions se résument à travailler, ses employés deviennent passifs et craintifs: ils ont peur de l'homme qui fait tout, qui touche à tout, qui connaît tout. Entre-temps, le climat devient un climat de crainte et de méfiance: peur de la critique, peur de l'erreur, peur de s'exprimer. Les cadres, sous ce «bourreau de travail», n'osent plus exprimer un leadership d'équipe, de peur d'être réprimandés en public. Et ce «bourreau de travail» devient prisonnier de la toile qu'il a tissée. Plus il travaille fort, plus il a à faire et plus son personnel attend passivement les directives.

UN NOUVEL ÉQUILIBRE EFFORT-CONFORT

Un cadre supérieur doit investir temps, intelligence et jugement à créer au sein de ses équipes un juste équilibre entre la tâche (effort) et le climat (confort). Tel est son rôle. D'une part, des tâches et des responsabilités claires ainsi que des résultats attendus sont bien définis et réalistes. D'autre part, il doit favoriser un climat de respect, de confiance, d'enthousiasme et de camaraderie. Cela étant fait, ce cadre supérieur verra, presque par magie, son effort personnel diminuer pour ce qui est de la quantité d'heures investies, pendant que ses subalternes et employés s'investissent de plus en plus. Action égale réaction. L'équilibre entre l'effort à la tâche (tâche) et le confort psychologique (climat) est essentiel à une vraie réussite. Pensons à l'exemple de l'enfant qui étudie par peur de la réprimande ou de la punition. Qu'apprendra-t-il? À avoir peur plutôt qu'à avoir le goût d'apprendre.

LE GOLF

À tous mes clients soucieux d'apprendre à bâtir ce climat de qualité pour des résultats de qualité, je les instruis sur le golf.

G entillesse
O uverture
L oyauté
F ranchise

Voilà!

Soyez gentil avec l'ensemble des gens, collègues et subordonnés, quel que soit leur rang hiérarchique ou votre sentiment personnel.

Soyez ouvert avec tout le monde, pour les idées, les suggestions, les questions et même les critiques.

Exigez la loyauté de tous envers l'entreprise, les collègues, les fournisseurs et les clients. Et si vous l'exigez, vous devrez prêcher par l'exemple. Ce que vous dites et faites est observé, commenté et imité par tous vos employés. La loyauté enfante la fierté.

Soyez franc. Les employés ne sont jamais dupes des prétextes, des faux-fuyants et du «grenouillage». Être franc ne veut pas dire être brusque ou brutal. Il faut être franc avec... gentillesse.

Cela semble si simple, et... ça l'est! C'est simple pour un cadre qui a l'humilité de reconnaître ses limites, la sagesse de les respecter et la clairvoyance de s'appuyer sur ses subordonnés. Si vous voulez que les employés collaborent, il faut les traiter en collaborateurs.

Il y a trois sortes de cadres supérieurs:

- ceux qui font travailler;
- ceux qui laissent travailler;
- ceux qui empêchent de travailler.

Les «bourreaux de travail» se trouvent souvent parmi la troisième catégorie, se croyant pourtant être dans la première.

Pour pratiquer le GOLF, un cadre doit être bien reposé, «bien dans sa peau» et, surtout, il a su trouver un juste équilibre de toutes les zones de sa vie: travail, famille, loisirs.

Depuis que je fais du coaching, je n'ai jamais rencontré un cadre à la fois épuisé et serein: un esprit tendu et anxieux rend les gens inquiets et les agresse.

UNE NOUVELLE VISION

L'originalité de ma vision est simple: le cadre supérieur doit et peut, en quelque sorte, apprendre à devenir un «paresseux scientifique».

- Faire faire plutôt que faire.
- Coordonner plutôt que surveiller.
- Déléguer «sans élastique».
- Favoriser la collaboration plutôt que la compétition.
- Favoriser l'efficacité plutôt que la performance.
- Partager le pouvoir avec ses subordonnés.
- Savoir dire non.
- Avoir des zones tampons dans sa journée.
- Ne pas trop faire de bénévolat (c'est un second travail).

En quoi cela est-il une nouvelle vision? Le cadre supérieur doit se gérer plutôt que de laisser les événements lui dicter son programme de la semaine, devenir stratège de sa vie et de son temps. La nouvelle vision? J'ai vu des cadres qui travaillaient soixante-dix ou quatre-vingts heures par semaine. Leur horaire – que j'avais analysé avec eux – contenait de vingt à vingt-cinq heures de choses inutiles, non essentielles ou pouvant être déléguées.

TIRER OU ATTIRER

En coaching, avant d'apprendre toutes sortes de théories ou de trucs à un client, je lui dis: «J'ignore encore ce que vous apprendrez ici, mais je devine déjà ce que vous aurez à désapprendre.»

Le cadre supérieur qui travaille à partir de fausses prémisses le fait deux fois trop fort... inutilement! Songez à cette fausse prémisse de bien des dirigeants:

«Si tu ne pousses pas tout le temps les employés, ils prennent ça trop relax.» (C'est le style «pousseux»: il pousse les gens.)

«Pour que les gens soient motivés, il faut être généreux relativement aux primes, aux congés, aux récompenses.» (C'est le style «tireux»: il tire les gens.)

Entre pousser les employés (ce qui est fatigant) et tirer les employés (ce qui est coûteux), il y a le style «être attirant». C'est le moins fatigant et le plus enthousiasmant pour tout le monde. Devenez des gestionnaires attirants.

ÊTRE ATTIRANT

Apprendre à être attirant est un art au-delà des théories et des recettes. C'est l'art d'être vrai et d'être bien avec soi-même. La chirurgie plastique refait les bouches, elle ne refait pas le sourire qui est un reflet de l'intérieur. Le reflet intérieur, voilà ce que doit développer le cadre.

Dans une bonne gestion, le mot GOLF, c'est tout simplement l'art ancien, l'art un peu oublié d'être gentleman avec tous et toutes.

Il s'agit d'une chose possible uniquement pour le cadre soucieux de se reposer et de se ressourcer dans un équilibre de vie.

J'ai connu un cadre admiré et aimé de tout le monde qui disait à ses employés: «J'ai très besoin de vous tous parce que, vous savez, je suis un homme d'une compétence très moyenne. Donc, je me fierai beaucoup à vous. En retour, je tâcherai de toujours vous appuyer.»

Je croyais qu'il utilisait un artifice habile! Seul avec lui, il m'a dit: «Mais non, Julien, je suis un homme d'une compétence médiocre en ce domaine et, de plus, passablement paresseux. Je me fie donc beaucoup sur l'ardeur et la compétence de mes employés.» L'un des meilleurs patrons que j'ai connus. C'est cela être attirant.

POUR UNE TRANSFORMATION

Le premier secret pour se changer, pour se transformer, c'est vouloir. La volonté est la base même de tout progrès. Nul ne peut s'améliorer sous la contrainte: il faut la volonté personnelle – l'engagement du cœur et de l'esprit. C'est pour cela que la volonté de se transformer est la condition première pour qu'une équipe accepte un coaching: on accepte en coaching ceux qui acceptent un changement, une amélioration ou une transformation d'eux-mêmes, au-delà des recettes et des petits trucs.

Se transformer, c'est d'abord apprendre à se regarder pour se voir, ensuite se voir pour se comprendre et, enfin, se comprendre pour se changer de l'intérieur. Quelle paix, quel confort intérieur que de se connaître et de se comprendre, de connaître et de comprendre nos communications, notre style de gestion et de savoir mesurer notre impact!

STYLE DE VIE DES CADRES

Les cadres supérieurs travaillent généralement beaucoup trop fort, de façon mal organisée, avec de grandes pertes d'énergie, et sur les mauvaises choses.

Tel est le fruit de mes observations personnelles, en tout cas. À un tel point que je dis souvent à mes clients que, par le coaching, ils vont apprendre à travailler moins fort: «*Don't work hard, work smart.*» Proverbe chinois: «Qui veut voyager loin ménage sa monture.» On voit ici qu'au-delà des principes, c'est d'abord une question de style de vie.

Le cadre supérieur se sent parfois coupable ou, pire, anxieux, s'il n'est pas débordé: mauvais signe!

Plusieurs partent en vacances de peur, rognant ce temps si précieux par les deux bouts, et téléphonent tous les jours au bureau au cas où... Ce n'est pas du dévouement, c'est de l'insécurité. Appelons les choses par leur nom.

Personne ne meurt avec une corbeille de travail vide. Apprenons donc l'art de bien vivre avec une corbeille de travail pleine.

Voici le style de vie d'un cadre supérieur, en quelques idées:

- Prenez le temps, tous les jours, d'apprécier tout ce qui vous entoure;
- Stationnez-vous le plus loin possible et marchez un peu;
- Dans les moments de frustration et de colère, buvez de l'eau et ne parlez pas. La marmite doit se refroidir un peu;
- Cultivez l'amitié vraie et sincère, antidote à une marmite qui explose;

- Pour les conjoints qui ont une vie riche à deux, rappelez-vous que votre plus fidèle associé et partenaire, c'est votre époux ou votre épouse;
- Prenez le temps de voir vos enfants. Faites-leur à vous et à eux ce cadeau unique.

La vie est un cadeau. Plusieurs vivent si vite qu'ils oublient de le déballer. Plus tard, ils diront: «Ah! si j'avais su!» Eh bien, aujourd'hui, je vous le dis: ouvrez le paquet et jouissez de ce cadeau qu'est la vie!

Je reviens à ma petite histoire du début. Ce cadre était un merveilleux homme qui a voulu apprendre à communiquer et voici l'une de ses réflexions: «Julien, j'ai découvert une chose extraordinaire: j'aime parler avec les gens, j'ai appris à aimer communiquer. Et quand on aime cela, c'est passionnant et facile.»

Voyez-vous, cet homme a finalement déballé son cadeau.

TABLE DES MATIÈRES